施元辉译文精选

红庄的悲剧

施元辉 译

海峡出版发行集团｜海峡文艺出版社

序

张 炯

《施元辉译文精选》即将出版，这是我国翻译界和中日文化交流的一件可喜可贺的事！施元辉是我认识多年的老朋友，也是隶籍福建福安的同乡。他是中国作家协会会员，知名的翻译家、散文家。他从北京外语学院毕业后分配到外交部工作，曾任我国驻日本领事并长期从事中日文化交流活动。出于对文学的爱好，他先后翻译了当代日本作家的作品十多部。其中既有儿童文学作品，更多是受到读者广泛欢迎的推理小说。他还出版过自己创作的散文集。他精选的译作共三百多万字，这次结集出版，编为十卷，可谓皇皇巨著！

中日文化交流可以追溯到汉唐，渊远而流长。特别是唐宋以后，日本曾派遣大批留学生来华，鉴真和尚携带许多书籍并率领大批工匠赴日，使中国文化得以广泛传播于日本。历代日本天皇多酷爱中国文化，也多方搜购中华书籍。所以，著名的日中友好人士白土吾夫先生曾说："明治维新以前，日本的文化多来自中国。"而明治维新后，日本率先学习西方，自此我国也多有留学生到东瀛学习。我国新文学的兴起，大多得益于通过日本而吸取和借鉴了许多欧美等国的文学。鲁迅、郭沫若、郁达夫、茅盾以及周扬、胡风等都先后去过日本，并从日文翻译了不少西方和日本的作品。

施元辉翻译多部日本儿童文学作品和推理小说应非偶然，当今我们从日本动画中就可窥见日本儿童文学的发达。儿童是人类的未来，优秀的儿童文学作品对儿童精神世界的影响，已为世界各国所高度重视。日本最初的推理小说借鉴过中国明清的公案小说，后来才受到西方侦探推理小说的影响，并发展为具有深刻社会内容的小说品种。这种小说由于具有强烈的悬念，而层层推理在满足读者审美需求的同时又能培养读者的智慧，它之广受读者的欢迎是很自然的。

我国翻译外国小说的历史可以追溯到19世纪90年代。那时译界的名人严复和林纾都是福建人。康有为曾有诗称："译才并世数严林。"而严译学术名著，林译欧美小说。林纾先后译有外国文学作品达180余种，其中不乏世界名著，如《巴黎茶花女遗事》《黑奴吁天录》《块肉余生述》《撒克逊劫后英雄略》《滑铁卢血战余腥记》《迦茵小传》《鲁滨孙漂流记》《伊索寓言》等，林纾不会外语，与人合作，别人口述，他以文言译之。后来鲁迅、周作人也曾用文言译《域外小说集》。那时译家蜂起，据阿英《晚清戏剧小说目》统计，翻译小说从1882年至1913年计有682种，可见翻译小说之盛况，而侦探小说居然占一半以上，说明这类小说受欢迎由来已久。

施元辉翻译的日本小说也不乏名家之作，如井上靖的《红庄的悲剧》、松本清张的《跟踪》、高木彬光的《零的蜜月》、草野唯雄的《复制的脸形》、江户川乱步的《奇面城的秘密》、森村诚一的《恶梦的设计者》等，差不多遍及日本当代推理小说的各流派。他翻译的《恶梦的设计者》《零的蜜月》等作品多次再版，并被改编为电影、电视和广播小说。此外，他还翻译出版了日本著名作家山崎丰子的名著《女人的勋章》以及日本儿童文学鼻祖小川未明的《红蜡烛与人鱼姑娘》和滨田广介的《黄金的稻穗》等多部日本儿童文学作品。他自己写过小说和散文，他的译笔忠实于原文，流畅、生动、简洁、富于色彩。严复当年曾提出并实践译作的"信、达、雅"的要求。他在《天演论译例言》中说："译事三难：'信、达、雅'。求其信已大难矣，顾信矣不达，虽译犹不译也，则达尚焉。"可以说，施元辉的译文做到了"信、达、雅"的要求。严复、林纾当年以文言来译，要做到"达"很难。而施元辉以现代汉语——白话来译，普通读者读起来是毫无障碍的。他翻译的作品曾得到著名日语翻译家文洁若女士的赞赏。

《红庄的悲剧》一书收集了日本推理小说各流派的代表作品，其中有被誉为日本侦探小说之父的江户川乱步的《奇面城的秘密》，有被誉为世界三大推理小说家之一的松本清张的《跟踪》、被誉为一代文豪井上靖的《红庄的悲剧》以及其他著名推理作家的杰作。上述作品在日本文学园地各放异彩，如《红庄的悲剧》讲述的是在一座明治时代建筑的无比豪华壮丽的贵族别墅里的两位美丽端庄的年轻女主人以及以不同理由先后住进别墅的客人的故事，他们在不长时间内不得不走上可悲的自杀道路，两位女主人也死于非命，连小说家"我"在把手枪对准自己脑袋时，依然迷惑不解——究竟谁是这座别墅悲剧的制作者呢？故事情节复杂，以至连读者都颇感费解。

中国和日本为一衣带水的邻邦，有过两千年友好交往的历史，近代以来却不幸发生过战争。今后两国如何和平共处，继续友好，这是两国有识之士和广大人民都十分关心的。我国领导人提出建设人类共同体的建议，我想，其目的就在提倡各国友好、和平共处，把我们的世界建设得更美好！这期间，加大加深各国彼此的文化交流、包括文学的交流非常重要。施元辉原是从闽东北山村走出来的子弟，被家乡人誉为福安的第一个新中国外交官、第一个文学翻译家、第一个电影出品人。他退休后还投身企业界，创办了文化交流公司，热心家乡公益事业。

我希望他不要忘记文学工作,译文集的出版不是终点,而应是新的起点,人们会期待他翻译更多的日本文学作品,帮助中国读者通过文学更多认识地日本;同时也将中国当代的优秀文学作品翻译为日文,帮助日本读者更多认识地中国,继续跟他熟悉的日本友人和作家一道为促进两国的文化交流和人民友好做出更大的贡献!

2017年2月20日于北京

(张炯是中国著名的文学评论家,原中国社会科学院文学研究所所长、学部委员、中国作协副主席)

目　　录

红庄的悲剧 …………………………… 井上靖著/1
香代之死 ……………………………… 黑岩重吾著/26
跟　踪 ………………………………… 松本清张著/44
复制的脸形 …………………………… 草野唯雄著/63
海的请帖 ……………………………… 笹泽佐保著/89
奇面城的秘密 ………………………… 江户川乱步著/116

红庄的悲剧

井上靖 著

我作为宽敞的红庄别墅唯一的残存者，为了尽自己的责任，想写出这篇手记。

然而说到责任，事实上，我并未对任何人许过诺言，并且也没有非这样做不可的义务。那么我是为谁而写呢？——是的，我不知道为谁。我只是蓦然感到，我倘若不写出这篇手记，似乎就没有尽到自己的职责。

此刻我的心情用人们常说的死不瞑目这个字眼来形容是再恰当不过了。我觉得，如果我不写出这篇手记，那些也是死不瞑目的死者们一定会用寒冷的目光从什么角落瞪着我。说强烈一点，或许这是命运之神向我索取的最后一篇手记吧！

这死不瞑目的死者，既可认为是在那雾霭朦胧的深夜，在柏油路的一个角落悲惨地断送了生命的青年画家歧部郁夫，又可认为是在那昏暗的疯人医院的病室里疯狂死去的贺谷了介。或者可能是抛弃了他被学术界公认的辉煌前途，而投身到濑户内海自杀的心理学学生正木敏也。

这死不瞑目的死者还可想象为其妖艳的肉体至今仍卧在井底的秋代夫人，和弹着钢琴从容而逝的美丽的御冬小姐。

唉，说不定还包括写完这篇手记后，将冰冷的手枪对准自己的太阳穴的笔者自己。

总之，包括我在内的这六个不幸的人，不是世上可怖的恶魔，就是可怜的牺牲者。谁是恶魔，谁是牺牲者，——当然，我所有的思考能力和判断能力已经消耗殆尽，对其真相连只形片影也无法弄清了！

只有没卷入这场事件璇涡的第三者，即这篇手记的读者，或许能将红庄的悲剧的真相暴露在光天化日之下。这既是这篇手记的使命，也是让我举笔写这手记的不幸的屈死者的悲惨呼叫吧。

去年十月末，一个雾霭茫茫的深夜，我高中时代的朋友贺谷了介突然来到我在郊外一幢小楼房内的住所。

"七年没见面了。"

他说着走了进来，熟悉的声音是那样令人感到亲切。他怕冷似地将大岛式便装的衣襟用手拢紧，蹒跚地走到我对面的椅子那儿坐了下来，我不由地盯住了他的面孔，没想到他的面貌竟发生了如此巨大的改变。他的身上笼罩着一种不可言喻的阴影，仿佛他正被一种莫名的苦恼折磨得疲惫不堪！只有那嘴唇紧绷着的侧脸还残留着往日美青年贺谷的面影。

"实际上，今晚我是为了告诉你一些事而来的。"

我们简单地寒暄几句后，贺谷以奇怪的生硬口气这样说道。

"你不要急嘛！好久没见面了，先干一杯！"

我赶快打开酒瓶的盖子，将酒倒在两个杯子里。

两个酒杯碰在一起了。

现在想起来，从这瞬间开始，我卷进了这之后仅三个月就夺去了六个人生命的恐怖事件之中。

"真的，迄今还没有一个人认真地听我讲，或者你也不相信我的话……"

喝了两三杯酒后，他那略涨红的脸上，泛起一丝空虚的微笑。

"真的，就像小说似的，就像你要写的小说似的。"

说着，贺谷开始讲述他那奇怪的故事。

我忘记说了，我也曾发表过两三篇小说，而被承认为新近的作家的。"冬木荒木"，一说到我的名字，肯定有不少人会说："哦，是他呀。"

贺谷了介是红庄的一员。说到红庄，住在夕阳丘一带的人无不知道这是有名的极其堂皇富丽的山庄别墅，连住在完全不是一个方向的我也屡屡听到这个山庄的名字和住在那里的美丽的女主人的艳闻。

据说这座现在已相当古老的建筑，是一个荷兰人不惜重金建造的。当时并不叫红庄，不知是大正哪一年，这座建筑转到了山边子爵的手里，成了他家的别墅。这以后，虽然谁也没有特地给它起这个名字，可是却被称作红庄了。

山边子爵，就是五年前客死在巴黎的那位赫赫有名的山边清造氏。子爵死后，遗下了后妻秋代夫人、先妻的独生女儿御冬，以及莫大的财产、豪华的宅邸和这座红庄别墅。秋代夫人看上了这座别墅，在丈夫死后，就离开原来的宅邸，搬到红庄来住了。

贺谷是山边家的远亲，大约在三年前因病辍学，离开了大学哲学系。从那以后，说是以亲戚的身份也好，寄食也好，他成了这当时全部住着女人的红庄的一员，生活到现在。一年之后，帝国大学心理学系学生，被学术界认为是一个很有前途的才子的正木敏也，也来到这所豪华的山庄。他成为红庄一员的最初名义是在课余教夫人法语，即所谓当家庭教师。不过，夫人学习法语没有坚持下去，他的家庭教师的职务，仅仅一个月就给解除了。此后他一直拖延着不肯离开红庄，照样每天从那里去大学上课。

红庄的生活对贺谷来说实在是求之不得的天赐的恩惠。他的先天不足，使他作为社会的一员无论从性格上还是健康上都难于在现实的物质社会的海岸上做个弄潮儿。而红庄无疑是适应他这种变态的落伍者的。在这里他能过上他从高中时代就梦寐以求的、甚至成了他的口头禅的所谓"寂静、豪奢、高贵、怠惰的生活"。他可以不必为衣食而担心，在豪华的书斋里专心读书，在芬芳的庭院里静静漫步。

可是，这种幸福大约在半年前突然被破坏了。

"因为他，我成了世界上最不幸的人了。那家伙，那可怕的幽灵。"

与其说他是在对我讲话，不如说他正茫然自语着，他呆愣着的眼睛凝视着空间的一点，梦呓般地翕动着嘴唇。

"那家伙、那家伙，他究竟是谁呀？

为了使他镇静下来，我故意以这种缓慢的语气插问道。除了只能叫他那个家伙之外，我什么也不知道。

他叹了一口气，如梦方醒似地泛起一丝寂寞的苦笑。

"有什么办法？我既不知道他的名字，也不知道他在什么地方，干什么，总之，是说不清的。——就是这样的人，而我又如此地畏惧他。嗯，朋友，我是说，在这样广大的地球上，无论是刮风还是下雨，我每天一定能碰到这家伙，你相信吗？"

"碰到他？"

"对，碰到他。我无论躲在什么地方，或者逃到多远的地方，每天一定会碰到他一次。我想尽办法躲开他，也无济于事。这半年来，我没有一天不在什么地方碰到他。朋友，这究竟是什么缘故，你能给我解释一下吗？难道这是偶然的堆积吗？"

这样说着，他盯着我的脸，一会又很快地以原来兴奋的语调说道：

"世界上有比这更令人诅咒、更可怕的事情吗？那家伙就像是我的幽灵一样。"

他突然闭住了嘴，惊慌地转过身看着，以至于他当时那令人生畏的神情至今仍历历在目。

据贺谷说，他是在半年前的五月中旬，注意到这个奇怪的人的。当时他是在去郊外的电车上，和这个人面对面地坐着。这是一个脸色苍白的令人望而生畏的瘦小男人。他那毫无血色的灰白的嘴唇，使和他对面坐着的贺谷产生一种奇妙的厌恶之感。

可是，就在这第二天，在一家吃茶店又和这男人擦肩而过了。紧接着第三天，又在郊外遇到他。第四天是在一家百货公司的电梯上。第五天是在电车的停车处——总之，在以后的每一日，一定会在什么地方遇到这个人。

当然，在最初的十天，只觉得，哦，又遇到他了，并不特别留意就过去了。然而，紧接着的两星期，三星期，每天必定碰上这个人，终于使贺谷介感到厌恶了，油然产生了奇怪的敌忾之心。

"嗯，大概今天不会碰到这家伙吧。"他这样想着。可是，不行，又遇上了。

这样的事继续了一个月左右，贺谷的心情就变得坏极了。那个人苍白的脸，像窗户那么空洞却又像执拗的蛇那样的炯炯发光的眼睛，以及没有血色的薄唇，都使贺谷感到无法忍耐的恐怖。每当遇到这个奇怪的人时，一股恶寒"刹"地通过全身。

从此，贺谷开始了奇怪的受折磨的生活。他甚至试图将自己终日关在红庄的一间小屋而不外出，可是傍晚时分，当他偶然从窗户探头往外看时，又见到这个奇怪的人，以其特有的脚步，在门前走来走去，时而在门前停下来，时而往窗户上边张望。就这样，无论哪一天，这个人都会在一瞬间不知从什么地方一下子出现在贺谷的视野里。

于是，出去旅行以逃避这个怪人的念头促使他下决心到了伊豆深山的一所温泉。可是，透过那朦胧的水气，哎呀，那不是那个人的侧脸吗？

就这样，这个奇怪的男人使贺谷度过了恐怖的半年。他在这个故事的最后这样说道："大家都把我当作疯子或神经衰弱病患者，无论是秋代夫人、御冬小姐，还是正木学士，谁都不相信我的话。但是，朋友，我是这样认真的呀，什么妄想呀、幻觉呀——纯粹是胡说八道。无论谁怎么说，严酷的事实却这样明摆着。"

"那么，今天你又遇到那个人了吗？"

我情不自禁地这样问道。

"嗯，当然又碰见了，看来那个家伙非缠着我到我死不可。秋代夫人为了排遣我的苦闷，今日约我去武藏野馆。拘于情面，我只好去了。走进会场，里面黑洞洞的，正在放山岳电影还是什么的，我不知道。待电影结束，啪地电灯打开时……"

贺谷了介一口气喝干了威士忌，绝望地笑了。

"他在呢，就坐在我紧后面的座位上。"

"那，你又怎么样呢？"

"我哎呀一声，急忙跑出去，再也无暇考虑别的了，只是感到恐怖。我对秋代夫人一句话也没说就拼命地跑掉了。"

已经过了十二点，在这深夜的静寂之中，偶尔可以听到远处传来的郊外的电车声。

听完贺谷的故事，我不能像别人那样，将这些当作他的幻觉和妄想而付诸一笑。我隐隐约约地感到，事件的背后有一只罪恶的手。

就在这个晚上，我发誓要为贺谷解开酿成他不幸遭遇的谜。

"你不必担心，我已经看出这件事有点儿名堂了。"

我高声地笑着，像一个推理作家似地拍拍他的肩膀。

接着，我送他走出了楼房门口，并请他明日再来详细聊聊。

谁料想事态发展得这样快。

翌日夜，我坐在桌边，感到背后有什么人。回过头来时，看到贺谷不知什么时候进来的，正站在那里。他好像在看什么可怖的东西似地，低着头，盯着自己的两只手。

"哎呀，是贺谷呀，坐，坐。"

我感到惊讶，急忙招呼他坐下来，可是，他瞧也不瞧我一眼，仍然低着头，盯着那两只手。

"怎么回事？贺谷。"

一种可怕的预感掠过我的脑海。

突然他抬起头，断气似地屏住气息，压低调子道：

"我终于弄死他了，瞧，我用这双手扼死了这家伙，这可怕的幽灵。"

说着，他突然伸出两只手，在我的眼前晃来晃去。

被吓得目瞪口呆的我，久久地凝视着贺谷，灵魂深处被泼了一盆冷水似地感到毛骨悚然。

他的脸很异样，已经失去了筋肉的韧性，只有两只已经没有焦点的眼睛发出异样的光。

"在市政府，市政府的旁边，我把那小子干掉了，来这里的。"

他完全疯了。

接着，我把他带出楼房，强迫地将他推进了汽车，送往夕阳丘的红庄。

汽车沿着郊外寂静蜿蜒的道路长时间地奔驰。无数的星星悬挂在漆黑的天空上，闪闪耀耀的，夜风带着凉意迎面扑来。每当汽车摇晃的时候，贺谷就像想起了什么似地爆发出一阵大笑。可是当汽车终于到达宏大邸宅的停车处时，他却微张着口，不知什么时候沉入酣睡中了。

虽然深夜无法看得很清楚，但是红庄比我想象的更为宏伟。那宽旷幽深的长廊显得阴森而寂静，不时地从什么地方，大概是院内的深宫里吧，传来了钢琴声。

从里面走出了传达的女佣人，我对她道：

"贺谷先生身体有点不正常．我带他回来的。"

说着，我深深感到自己扮演这种角色实在不上算。

终于从长廊的远处传来了杂乱的脚步声，随即一个美青年、一个漂亮的少妇和两三个看起来是女佣人的人出现在我们面前。这些人不约而同地呆立在入口处的门槛旁，默默地相觑着。似乎开口说话是一件可怕的事似的。

我简单地将事情经过说了一遍，接着和那位青年将贺谷抬往二楼贺谷的房间。

我抱着昏睡着的贺谷生硬的头部，那位青年抬着他细棒似的瘦脚，绕过了几道长廊，走到深院内的楼房前，又一步一步地走上楼梯。果真是一幢古建筑，每上一步，脚底下的楼梯就发出轧轧的声音。

走在楼梯中间，为了换一个抬的位置．稍停了一会儿。我无意地向下看了一眼。这时，一种景象使我感到一种说不出的滋味。我，那位青年和贺谷三人的身影纠缠在一起，如锯齿型，曲折地投在长长的楼梯上，好像三条蛇互相咬在一起，令人望而生惧。

我们终于将贺谷抬到了他的房间。让他安静地躺在床上，为了避免出现意外的事情，我们又将屋内所有危险物都拿走，并将门锁上。

一切安排就绪后，我被引到楼下深院的客厅。在华丽的吊灯下，摆着一个硬木桌子和几把坐上去会使人感到极为舒适的椅子，对面墙上的大镜框里镶着蒙娜莉莎的复制像。

刚才出现在大门口的漂亮的少妇是秋代夫人。在明亮的电灯下，我和秋代夫人面对面坐着。我再一次为这位夫人的年轻而惊愕不已。山边子爵要是仍活着的话，该是年近花甲的老人了，这位后妻看上去却只像是二十几岁的少妇。她穿着极为讲究的西服，头发如外国的女电影明星似的，优雅、整齐地剪到脖子边。

"贺谷先生实在得到您的照顾了。"

说着，她嫣然一笑。

"是。"

我被夫人那明媚的目光刺得心神不安，急忙低下头，躲开她的视线。

在这种情况下，夫人的微笑虽然是一般礼节性的，但是我却觉得她仿佛是一朵向日葵一下子展开了花轮，我再也无心注意别的事了。

正如我最初所猜测的，夫人旁边坐着的是正木敏也。说他是青年学生，倒不如说是青年实业家更为合适——这样说是恰如其分的，从容貌到身材他都是一个稳重而魁梧的青年绅士。

我们正这样那样地谈着贺谷了介时，门静静地开了，一个年轻姑娘微俯着身子,悄悄地走了进来。我马上就知道这是御冬。她穿着黑底的带着银鼠色雅致条纹的衣服,头发随便地往脑后束起来。

御冬映入我眼帘的瞬间,我马上想起了谷崎润一郎的小说《夏草》中那位美丽的女主人公来——她那脆弱的身体背负着过多的不幸,但是什么时候都总是冷冷地微笑着,默默地坐在那里写着或刺绣着,度过寂寞的时光。

使我产生这种联想的是御冬那冷漠而又美丽的眼睛,以及她楚楚一笑时,使人感觉到一抹寂寞的侧脸。

"御冬,贺谷先生可了不得了。"

"是吗?"

御冬叫了一声,略抬起头,她的眉头一动不动,只是嘴唇美妙地翕动了一下。

也许是我自己的想象,这不是惊讶的表情,什么地方倒和挂在正面墙上那幅蒙娜莉莎那蕴藏着永劫之谜的微笑相似。

第二天晚报的头版醒目地刊登了一则报道。说在市政府旁边微暗的通道上发现了青年画家歧部郁夫被扼杀的尸体,但尚未查清凶手。

看了报纸,我非常惊讶。贺谷所说的在市政府旁用双手扼死他所谓的"那个家伙"的话,不单是疯子的胡说了,至少是带着某种现实感,浮现在我的脑海里。扼死那个叫歧部郁夫的青年画家的凶手大概就是贺谷了。

只是歧部郁夫其人是不是那个使贺谷恐怖的可怕的幽灵呢?那完全是另一个问题了。

大概贺谷患着严重的神经衰弱病,结果是产生了某种妄想吧。从半年前开始,他的精神状态就不正常,受疯人所特有的苍白的幻觉所折磨,而画家歧部郁夫很不幸,偶然经过那里时,遇到贺谷神经病激烈发作，成了牺牲品。

但是，我不忍心不幸的贺谷承担比这更大的不幸，我决定将他昨晚说漏了嘴的杀人告白作为我个人的秘密而不向任何人泄露。

第三天，我再次去红庄探望贺谷。

第一次因为是夜里，我只看到红庄是一个块状的大建筑，而这一次，当我从苍郁的树林的缝隙中看到沐浴在夕阳下，呈现出一种奇异景色的红庄时，我情不自禁地发出"噢！怪不得叫它红庄"的感叹。

难道不可以说这是一座燃烧着的火红的别墅吗？瞧，那古老的洋式楼房外面密密麻麻地攀缠着无数凌霄花似的火红的花，除了那张大的窗户以外，建筑物的周围全被红色的美丽的鲜花所围绕着。如果没有那巴黎式的凉台和如寺院的尖塔似的古老屋顶，我真看不出那是住着人的别墅，而一定认为那是一座房屋样式的巨大的花的造型呢。

这种美妙的景象使我看得出神，但是当我站了相当长一阵的时间后，突然产生一种不祥的预感，不由自主地颤抖起来。红色的花叶接二连三吧嗒吧嗒地落下来，像血滴似的，我甚至还感到一股血腥味扑鼻而来。这时眼前的红庄真像一座涂满鲜血的别墅。

可能是应了我的不祥的预感，当天夜里，从红庄送到M精神病院的贺谷了介死了。

他把头撞到了病房的墙上而结束了自己短暂的一生。

"怎么样？冬木先生，如果不嫌弃我们的话，您不如搬到红庄来住。"

在贺谷死后三七的晚上，秋代夫人突然这样对我说。

"贺谷先生不在，这地方更寂寞了，搬来吧，我们不妨碍您写书的。"

"不过……"

当时我犹豫不决了，夫人又说道：

"或许正木先生能劝动冬木先生吧！"

听了夫人的请求，不知何故，我看到正木敏也的脸逐渐失去了血色。

"是啊，我也赞成。冬木先生，搬来一起住吧，因为二楼就住我一个人，别的房间都空着呢。"

他这样说着，可是谁都会觉得他的声音发颤。

这个晚上，也不知从哪个远处的房间传来了优美的钢琴声，大概是御冬弹的。御冬除了我第一次来红庄那个晚上之外，一直没露过面，只是我无论何时，总能听到从远处传来的可能是她弹的那优美的钢琴曲子。

其后不久，我代替了贺谷了介，寄宿到这个豪华的红庄别墅里了。

就像贺谷过去的幸福一样，红庄的生活对我来说也是非常舒适的。这和我以往低矮的宿舍楼和贫穷的生活比起来，真有天渊之别。她们给我住二楼靠里的一间屋子。高高的窗户上垂挂着黑缎子窗帘，大大的桌子，硬木书架以及只有在博物馆才能见到的印着古色古香图案的绒毡，总之，到处都摆着在我看来是极其珍贵的上等的物品。

我们每日三餐在楼下一个讲究的饭厅吃着山珍海味。

午餐，因为正木要上大学，所以在一起用餐的只有我、秋代夫人和御冬三个人。晚餐后，我们围坐在客厅里闲谈。

我觉得，仿佛小说里所描写的那种帝政时代贵族们的豪华的生活，原原本本地在我们面前展开了。

日子一长，我和秋代夫人、正木的关系亲密到能够在一起毫无拘束地开玩笑的程度。不过和御冬还是像第一次见面时那样，没有什么改变。她的生活对于我，大概对正木来说也是神秘的。她除了用餐外，几乎不露面，只是把自己关在房间里，弹着钢琴，度过一天又一天。当用过餐后，把两只纤细的白手放在膝盖上，彬彬有礼地告退。这时，她的外表有时如冰一样冷淡，有时像难以琢磨的贵族美人似的令我感到惊愕。

"嗯，冬木先生，你这讨厌的人，从刚才开始你一直瞧着御冬，看得入迷了。"

秋代夫人有时装作开玩笑的地说道。

"妈妈！"

御冬抬起头，她的脸没有处女的羞涩，没有感动，只是嘴边冷冷地漂着蒙娜丽莎式的微笑。

"冬木先生，你还有什么说的呢？"

秋代夫人又一次开玩笑地说。用她那含着甚至使我感到吃惊的媚笑的眼眸，久久地盯住我。

但是使我更惊讶的是，坐在我对面的正木眼睛里充满着一种无法形容的苦恼，正一动不动地凝视着秋代夫人的侧脸。

不知不觉地，冬天来到了红庄。

过去那么美丽的红花凋谢了，叶子落了，曾经是火红色的别墅，现在被无数干枯的藤草所网罩着，从这些藤蔓的缝隙中，露出了房屋被风雨所侵蚀过的灰色的本来面目。

在一个寒风刺骨的夜晚。

"冬木先生，今晚我有件事情要对你说。"

晚餐后的客厅，只有我和秋代夫人二人。御冬回自己房间去了，大概和平常一样，又面对钢琴了吧。从远处传来的琴声使我恍惚。

我叼了一根雪茄。

"噢，那么郑重其事……"

"因为这是奇怪的事，而且今晚恰好正木先生不在家……"

夫人的脸色显得有点苍白。

正木敏也因为出席在京都大学召开的心理学会，从前天晚上开始就离开了家。在这个心理学会上，正木将第一次向公众宣读自己多年研究出来的实验心理学的论文，这次会对他来说，可以说是一个正式的、辉煌的舞台。

秋代夫人好像欲说难说的样子。

"实际上……那个……我发现了贺谷先生的日记了。"

"嗯？贺谷君的日记？"

"是的。"

"在什么地方？"

"那是一个奇怪的地方哟！正木先生的房间。"

"噢，怎么会在那儿呢？"

"所以我才告诉你呢！你不觉得有些奇怪吗？"

我咬紧香烟，深深地思考着。不仅是夫人，就是我也感到不可理解。

"不管如何，能让我看看吗？"

"在正木先生的屋子里。我因为心情不好，没有拿出来，还是放在原处了。"

接着，我和秋代夫人一起上了二楼正木的书斋。

果然是学者的屋子，除了放桌子的那面有窗户的墙外，其他三面墙都满满地摆着书架，还有许多在架上放不下的西洋书籍，随便地堆放在桌上和地板上。

"那个，在这里。"

夫人从书斋角落里堆放的书中，抽出一本薄薄的、陈旧的笔记本。

对。我一下子就认出了贺谷的笔迹。他有的地方用钢笔，有的地方用铅笔，有时细致，有时潦草地写着。是一篇日记体写成的手记。

我站在那里迫不及待地读起来了。日记本中，疯人眼里所特有的青白色的宇宙放射着妖光，在我的眼前扩大开来。但是令我惊讶的是疯人笔下所描述的竟是他曾经在我的房间里讲述过的那个奇怪的故事，并且丝毫不差。他对我讲过的对那个阴影似的人的恐惧和诅咒，在这里也只不过是用笔更详细一点地描述出来罢了。

我贪婪地读着这些，我再一次感到，贺谷那奇怪的受折磨的生活最早并非出于疯人的幻觉，而的的确确是一个现实。如果出于疯人的幻觉和妄想，怎么能写出这样有条理和有逻辑的东西呢？至少贺谷在写这些时，神经还没有错乱。那么，阴影似的人究竟是谁？而且这本日记为什么放在正木的书斋里？

"你怎么啦？你的脸色那么可怕。"

突然，我发现秋代夫人偎依在我身旁，身体颤抖地这样说道。

我将本子放在怀里，请夫人走出了屋子。我想一个人更详细地读读贺谷的日记，就在楼梯处和夫人道了别，转身往自己房间的方向走去。

"我真怕，你能送我回屋子吗？"

秋代夫人三步两步追上来。

"有什么可怕的？你这是开玩笑吧？"

"但是我怕，我怕呀！"

接着的瞬间，夫人像要倒下来似的，疲惫地靠在我的手腕上。"怕呀，怕呀！"夫人说着，靠着我，她那湿漉漉的眼睛里充满的不是恐怖，而是闪烁着的炽热的情焰。

第二天，我去警视厅找一位叫S的警部，询问有关在市政府旁的小路上被神秘地杀害了的青年画家歧部郁夫的有关情况，了解到了比我预想得更多的东西。接着，在那个晚上，我给在京都的正木写了这样一封信。

正木敏也先生：

　　足下的学位论文《对刺激的最大的心理反应》大致完成了。不久的将来，您将登上大学实验心理学的讲坛，就在这时候，我不得不给有辉煌前途的您写这封信，这的确是极为遗憾的。

　　不过，作为足下光辉前程的基础是两具尸体躺在那里，我想足下未必能否定得了吧！不用说，一个是贺谷了介的狂死，另一个是足下唯一的堂弟，贫困的孤儿、无名画家歧部郁夫的死。

　　歧部郁夫，因为经济贫困，求助于唯一的堂兄您，这是不足为奇的。但是作为学者的足下，却利用了他作为学术研究的工具，即足下要求他完成一件工作，作为经济上您帮助他的代价。

　　这个工作就是充当活的刺激剂的角色。让我更清楚地说吧，就是作为对实验材料贺谷了介的一个刺激剂。足下选择同住在红庄的贺谷君作为实验对象，这对您研究的那个反应是再适合不过了吧。神经比别人倍加敏感的贺谷被你这个试验的刺激弄疯了。而且歧部郁夫因过于忠实地扮演了作为活的刺激剂的角色，终于死于贺谷之手。事件的自始至终，贤明的足下大概已经预想到了吧。

　　但是无论如何，足下将贺谷的日记放在书斋的角落，这难道不是一个极大的失策吗？这本日记被秋代夫人发现，也使我义愤填膺而给您写这封信。对于这些，您抱何态度，当然是您的自由了。

　　　　　　　　　　　　冬木荒木拜上

　　写给正木的信扔进信箱的第五天，我接到了他的回信。
冬木荒木先生：

　　我想，当您打开我这封信的时候，报纸上将报道我投海自杀的新闻。但是，如果足下以为我的自杀意味着足下推理的胜利，那是大错特错的了。很遗憾，我的学位论文《对刺激的最大心理反应》的内容并不是足下所想象的那种抽象的非科学的常识内容，而是以周密的数学计算和物理实验为基础的。大部分的实验活动是在观察神经细胞的显微镜下进行的。在这方面，与其说是心理学倒不如说是接近医学更为合适。我死后，这个论文大概要在实验心理学这个学术杂志上发表，希望足下不妨读一下。

　　但是，请让我说些很失礼的话吧。让心理学门外汉的足下赞同我以上的看法，恐怕是困难的，因此，在这里告诉您以下两三件另外的事实，给您提供参考，以解除足下对我的疑惑。

　　不错，歧部郁夫，就像足下所调查的那样是我的堂弟。但是也许使您感到惊讶的是，他曾是秋代夫人的第一个情人。

　　接着，贺谷了介又是淫荡的秋代夫人的第二任情人，而这样说的我也和她发生了可耻的关系，成了她的第三个情人。

　　以这样一个淫荡之妇为中心，围绕着她的三个男性，一个又一个不自然地死去，您是怎么想的？

　　正是秋代夫人利用歧部弄疯了贺谷，又利用疯子贺谷杀死了歧部，她难道不是一个美貌的恶魔吗？她用巧妙的手段清算了两个旧日的情人。

　　而且，她现在觉得有必要清算第三个情人——我了。为什么？要是我的想象没有错的话，她现在已得到了新的第四个情人——足下您。

最后，我附加说一句，我尽管憎恨这个令人恐怖的恶魔——秋代夫人，但是我如果失去她的爱，我是不能再活下去的。这无论对歧部，对贺谷，还是对知道她的别的人来说，是共同的神秘的烦恼，是一个谜，是一种愤怒吧。恐怕，足下自身的情况也……

我相信秋代夫人的爱已从我身上转移到足下身上。现在，我自己清算我自己的肉体，可能是最贤明之策吧！

我祝愿足下永远保护自己的爱情和生命！

正木敏也拜上

请看看读完这封信后的我的神情吧！这是多么可怕的宣告呀！我仿佛被人迎头打了一棒，久久地站着，呆然若失。

就像正木所想象的那样，从那夜以来，我已经陷入了秋代夫人的情网里再也不能自拔了。

秋代夫人的本来面目——那是多么可怕的呀，但是正如正木敏也那样，我现在虽然也认识了秋代夫人的真面目，但已经是一只掉到沙窝子里的蚂蚁了。

当天的晚报上大篇幅报道了正木敏也投濑户内海自杀的消息。学术界许多人认为他自杀的原因是由于过度用功而神经衰弱发作的缘故，对他的死感到十分惋惜。

"啊！"

看到报纸的这条消息，御冬只这样说了一声，接着又浮现出那谜一般的蒙娜丽莎的微笑，和平时一样返回自己的房间。一会儿，从她的房间里又传来和平时一样的钢琴声。

"可怜的正木呀！"在和新闻记者见面时，秋代夫人这样说道。用手帕静静地擦着眼眶。

"恶魔！是你杀的！无论是歧部、贺谷，还是正木，全都是你杀的！"

我竭力控制住自己要这样大声叫喊的冲动。但是,当新闻记者走后,秋代夫人那依然挂着泪珠的脸上便现出迷人的笑容。

"冬木先生,回书斋吗?"

她幽幽地看着我,一触到这种媚人的视线,我就彻底失败了。

此后,红庄对于我便成了可怖的地狱。和秋代夫人在一起的时候,我不是人,而是一头卑贱的畜生。可是当我自己一个人的时候,对秋代夫人的憎恶和诅咒,使我痛苦得满地打滚,这时,我一想到自己可能在什么时候被抛弃时,一种无法形容的恐怖就从心头涌起。

终于,这恐怖的一天比我预料得还要早地到来了。

一个严冬的夜晚,箭似的月光将红庄照得如同白昼。

一度已经睡着的我,突然被一阵激烈的寒风搅醒了。这时,已是凌晨两点了。我睁开眼睛,再也不能入睡,就起了床,点上一支香烟,打开窗户。

这时,我吓了一跳,呆立在那里。风停住了,在静静的如同白昼的红庄宽阔庭院的角落里,有两个人影悄悄地走着。一个是我不认识的男人,另一个不会认错,是秋代夫人。

"终于,最后的时划来了。"我想着,连自己也不知道为什么,悄悄地下楼,走到庭院,尾随着两个人影。我仍穿着睡衣,什么冷呀等等的,我都毫无感觉。

两个人在宽阔的庭院里转了一圈,在后面的木门边停了下来。随即两个影子变成了一个影子,传来了秋代夫人吃吃的窃笑声。躲在树后的我看到这一切,气得浑身发抖。

送走了那个男人,关上木门,秋代夫人稍抬头望着月亮,移步走回来。

"秋代太太。"我强作镇静地叫了一声。从树后装作漫不经心地走出来。

"哎哟！您为什么站在那里？"

"您说为什么呢？"

"可是，现在——要感冒的。"

"您不要装模作样了。"

我大声地叫起来。突然，秋代夫人的脸一下子绷起来。

"噢，竟尾随我们了。"

接着给我冷冷一瞥。

"你这个夜猫子，我真讨厌你。"

她说着，骄矜地迈步走了。

"什么？"

我这时已经不顾一切了，突然抓住她的袖子：

"不知耻！"

"噢？这是谁说的？我想干什么，这是我的自由！放开！"

一股强烈的憎恶涌上我的心头。

"淫妇，恶魔，玩弄死歧部的是你，把贺谷搞疯的是你，而且甚至连正木……"

"你管不着，我想爱哪些人，抛弃哪些人这是我的自由，不过你不要胡说谁杀死谁的，这样传出去不好，你可以调查嘛！"

她轻蔑地哼了一声，甩开了袖子。被惹怒的我从背后抓住她的衣领用力一拉，她一下子摔倒了。

其后瞬间，蹒跚了两三步的秋代夫人随着一声朽木断裂的声音，一下子从地面上消失了。接着是一声凄厉的悲叫声和咚的水声从很深的地下传上来，她掉到古井里去了。

我呆呆地站在那里，只微微感觉到寒风在耳边刮过的声音。而当寒风过去后，听到了好像从别的世界传来的微弱的呼救声。我只是佯装不知地听着，丝毫不知这些叫声意味着什么。

突然，我听到了她发狂似的冷笑。一定是她已经意识到我不会救助她而发出的诅咒吧！

我趴在地面上，往古井下望着。漆黑的井里只有阴冷的空气令人可怕地往上冒，在这黑暗中，不时地传来咒语似的微弱的声音，使人无法相信这可怕的声音是秋代夫人发出的。

"现在我什么都知道了。我抛弃了贺谷时，他发誓说对跟我有关系的任何人都一定要复仇，哈哈哈，贺谷胜利了。所谓阴影似的人是他捏造出来的，他发狂也是假装的，日记也是假的，这是贺谷的奸计。"

不知为什么，我望着那漆黑的井底，仿佛自己也陷进去了。

"哈哈哈，贺谷用自己的手向歧部郁夫复仇了，又利用你这蠢人，对我和正木先生进行了复仇，哈哈哈，明白了吧？哈哈哈！"

接着，这声音被刮起的一阵寒风吹散了。深夜中的一切在明亮透彻的月光下又恢复了宁静，我还是站在那里，可是再也听不到从漆黑的井底发出的声音了。

第二天，餐厅里只有我和御冬两个人。

仅仅一个晚上，我的容貌好像变老了二十年。我成了可怕的杀人犯，不，比起良心的苛责来，这倒是微乎其微的了。那被寒风吹散的秋代夫人的冷笑久久地在我的耳边回旋而不离去。如果所有这一切——贺谷那奇怪的故事，那阴影似的人，贺谷认真地写的日记，以及他的发狂都是虚假的事实的话，这些如果是他以死来安排的圈套的话，那么我成了多么可憎的恶魔的帮凶了！

我打算将所有这一切都告诉御冬，选择要么自首，要么自杀这两条道路中的一条。

我正和御冬面对面坐着吃着那无味的面包时，一个女佣人走了进来。

"小姐，那个——在屋子里没见到夫人。"

我吓了一跳，抬头望着御冬，但是御冬静静地放下嘴边的匙子。

"母亲昨晚到远方去旅行了，暂时不回来。"

说着，复低头拿起匙子开始喝起来。

我身体奇怪地哆嗦着，御冬那玉雕似的美丽的脸在我眼里显得那么可怕。

那天晚上，我到红庄以来第一次到御冬的房间去了，敲过门，里面正响着的钢琴声停下来了。

"请进！"里面清脆地叫了一声。

我走进了屋子，御冬坐在大钢琴前面的转椅上，面对我，请我坐在椅子上。

"御冬小姐，您母亲在什么地方呢？"

我首先这样问道。这是我考虑了一天才想出的一句话。

御冬彬彬有礼地将手放在膝盖上，低着的头这时突然抬了起来。

"嗯？您知道了还问我？"

她的脸色丝毫不变。

"我看到昨晚的事了。"

"怎么？！"

我突然觉得仿佛自己陷进了无底的深渊。

"那么，你为什么不讲出来呢？现在，我就在这里。"

但是，御冬没有回答，又低下头来。

"御冬，我犯了一个可怕的过失。"

"我知道了。"

"嗯，你知道了，不，你知道的仅仅是杀害你母亲这个事实,但是问题在于这个动机!"

"是的,所有的我都知道了。你怀疑正木先生,接着怀疑妈妈,现在又怀疑贺谷先生,是吗?"

我不知道还有什么比此时凝视着我的御冬那样既恐怖又美丽的了。她像神那样冷漠又像恶魔那样可怖。

"您怎么知道这些?"

"我读了正木先生给您的信了。"

我像早饭时那样,浑身又颤抖起来,不知所措。这个少女是个什么样的人?这可恐怖的少女。

"冬木先生,这个事件中最可怕的人是谁?"

"是贺谷了介,其次是这个恶魔的使者我。"

"您为什么这样简单地改变自己的信念呢?因为一本日记,您开始怀疑正木先生,接着一封信,您又怀疑妈妈,而后来听了妈妈的话,又怀疑贺谷先生了,哈……,那么,听了我的话之后又怀疑谁呢?"

"什么?"

我不由得从椅子上站了起来。

"冬木先生,您知道这张画画的是什么吗?"

御冬把放在大钢琴上的一张画布递给了我。这是一张难以想像的充满了恐怖阴影的男人的脸,我不由得惊讶地往后退了:这不是贺谷了介那为了什么而感到恐怖的脸吗?

"知道了吧!这是贺谷先生的脸。是歧部郁夫画的。他画了又撕,撕了又画,耗费了一切精力,才画出的……"

不知为什么,这时,泪珠从御冬的脸颊上流了下来。她冷冷地笑了一声,抑制住自己不要呜咽出声来。

"他,歧部郁夫画出这张画,作为对我的爱的代价。郁夫是我的唯一的一个情人,我爱他,他也爱我。可是他突然中了魔,受妈妈的诱惑，有一次失足了。郁夫将这件事告诉了我并要我原谅他，但是我不能原谅。我决不能，我无法原谅他的过失，因为我原来是那样坚定地相信他的，可是……"

御冬用手帕擦着眼角。

"可是，由于他执拗地哭着求饶，我终于和他约定，只有他完成一件使我感到满意的艺术作品时，我才原谅他的过错。因为我觉得，一个人在完成伟大的艺术作品时，他的身心是完全纯洁的。郁夫选择的是将极端的恐怖提高到美的境界的画题。他是恶魔的天才，您知道了吧，他每天威吓着贺谷，想将贺谷恐怖的表情画在画布上。……那天晚上，我隔了两年第一次到他下宿的地方找他，发现了这幅画。我被这幅画所具有的强烈的美和表现出的他的认真所打动，决定从那时起原谅他的过失。但是我左等右等，他一直没有回来。他就在那个晚上被杀害了。"

御冬说完这些，从我面前转过她那被泪水浸湿的脸，又面对着钢琴了。

我一言不发地沉浸在那美妙的旋律中。恶魔一样的美丽少女，什么地方使人感到神圣不可侵犯的高贵少女，你陶然而弹的钢琴声在这个世界上是那样的美妙呀。

不知经过了多长时间，当我醒悟过来时，钢琴声已经停了，御冬俯伏在钢琴上。我感到奇怪，急忙站起来，用手去抚摸她的额头，她已经冰冷了，而那大理石似的脸上还挂着两缕泪痕。

钢琴上面放着一个空的小药瓶。

红庄宽阔别墅的唯一残存者，走出了御冬的屋子，回到二楼自己的书斋，开始写这个手记。

我能够相信御冬的话吗？我已经没有任何思考能力和判断能力了，我只想在永远的静谧中，求得无知无觉的永恒的安息。

窗外已拂晓。

我握住放在桌上的手枪，对着自己的太阳穴，只要太阳穴感触到一击，我将静静地闭上眼睛。永别了！

香代之死

黑岩重吾 著

暮色苍茫,香代达男站在白浜三段壁附近的悬崖绝壁上。他手抱松树,向下俯视。月光下,太平洋拍打着岩石,卷起千堆雪。要是今夜没有月光,悬崖下面恐怕是夜的黑暗漩涡吧。他茫然地想着,倾听初春的海风吹动下松树林发出的沙沙声和从脚下传上来的海浪的奏鸣曲。

其间,他感到有一种往下跳的冲动。这样,他将毫无痛苦地离开人世。他,一个破产的企业家,债台高筑,每日在逼债声中又怎么能活下去呢?即便按原订计划巧妙地躲避起来,那也是一种不道德的丑恶行为,要被人发现,将身败名裂,一蹶不振。他慢慢地从悬崖上探出身体,此时,他觉得松涛如曲如歌,仿佛慰藉自己似的,而脚下的波涛声,也像是他孩提时代在神祭中听到的优美的笙的吹奏。

香代心情平静了。可是,当他正要往下跳时,右手抱着的松树树皮啪啦一声剥落了。这轻微的响声,使香代回到现实中。他出了一身冷汗,又死死地抱住这棵松树。他的一只脚已经悬空，另一只脚也即将迈出去。好像因为他拒绝死，绝壁下的波涛从黑暗的底层又发出暴吼声，而松涛也又骚动起来，如无数鸟儿从树林中拍翅飞出，汗水粘注了香代的眼睛。

在生与死的刹那间，香代死死地抱住松树，收回那只悬空的脚，又踩在草地上。

他用手巾揩着额头上的汗，深深地呼吸一下，决定按预定的计划行动。这是逃债的香代为延长生命而制订的计划。

香代脱下擦得油亮的皮鞋和英国制西装。这件西装上衣的口袋里有个皮夹，里面放着十万元。他取出一张名片，写上"美沙绪，永别了"，又将它放进西服口袋里。

随即，他走出了松树林。树林外有一丛灌木，他从那里取出白天藏放的手提包。手提包里有皱巴巴的上衣、条纹毛衣、裤子、已有裂缝的旧皮鞋，等等。他换上这些服装，又摘下普通眼镜，换上隐形眼镜。乔装之后，判若两人。然后，他沿一条羊肠小道，走到一块平坦的岩床上，把石头塞进手提包，将它扔进海里。事毕，他走回原路，向白浜镇走去。

他的"遗书"现正被送往美沙绪和专务董事堀田那里。估计明天，警察或地方的消防团将发现他放在悬崖上的西服和皮鞋。那时，香代达男的名字将从户口册中被抹掉。

翌日清晨，香代乘车回到大阪。他要去釜崎，因为只有那里才是他的藏身之地。

他在釜崎的旅馆"天乐庄"租了一个只有二铺席大小的单人用小房间，其日夜租金为三百元，一夜租金二百五十元。

他一躺下就呼呼地连睡了二十个钟头。直至第二天上午才醒过来。有几年没有这样痛痛快快地睡过了，昨天的一切仿佛成了遥远的往事。

他在霞町的报馆里，混在几个失业后打短工的工人之中，买了三份不同的报纸。买报时，女店员奇怪地望着他。这时，他才觉得，此地恐怕没有人同时买三种报纸，是自己失慎了！

"破产经理从白浜悬崖投海自杀！"

报纸没有登载香代的照片，其报道和所有的此类文章相同：

"曾经拒付支票，并于一星期前去向不明的香代产业经理香代达男氏，他的衣物于今早在白浜三段壁附近悬崖上被发现。据估计他业已投海自杀。香代达男系店员出身，后独立经营至四十五岁时，其香代产业资本已达六千万元。自去年始，香代产业公开出售股份，引人注目。今年春……"

报纸上没有发表美沙绪的谈话。遗书是用快信于前天由白浜发出的，如果及时送到，昨晚就可到达美沙绪之手了。香代放下报纸，躺在榻榻米上，望着尽是缝隙、肮脏的天花板。这难道就是我四十五岁的人生吗？他忧虑地叹了口气，闭上眼睛，脑海中先后浮现出眼梢细长、面容白皙柔和的美沙绪和经理秘书毛利保子……

意外地，他不留恋宝冢那所豪华的邸宅。那轻质石的天花板、弹簧床、意大利大理石台灯已再也激不起他的兴趣了。就在前不久，那里还是香代栖息的窝，可是现在已被当作双重抵押品了。公司如果破产，就难以指望这所豪华的邸宅能重新回到自己手里，它会被债主卖掉的。但是，他之所以不留恋这所住宅的原因不在于此。这所房子他本来是不想建造的，香代从小就和豪华奢侈的生活无缘。他的妻子美沙绪一再缠着央求他，他才盖的。而那套英国制西服，也是为了维持经理的体面不得已而买的。

香代小时候，住的地方比这间二铺席的房子还小。他出生在大阪西淀川一个小铁厂工人的家庭，有五个兄弟，他排行第三。一家七口只有六铺席和三铺席的两间屋子。五个孩子挤奋六铺席的那一间，平均每人仅住一铺席。

小学毕业后，香代就到西区的铜制品商店工作了。西区那一带，还有许多铁制品和机械器具商店，当时才十三岁的香代，少年有志，发誓绝不能像父母那样贫困，一定要搞出点名堂来。他工作勤奋，富有创造力，颇得店主赏识和顾客欢迎。到了十七岁，他开始有了这样的想法：只要有资金，要独立门户，开办一间这样的店铺。他信心十足，确信定能成功。他不甘寄居他人篱下，受人驱使。当时，店主虽然赏识他，但给他增加的薪水毕竟有限，工薪每月不过三十五元。

一次，他在和一家厂商联系业务时，因为对一种小机械提出了改进的意见，得到对方的好评。这使他对机械产生了兴趣，于是进了业余工业学校，学习机械。在他看来，像车床这类机械在如何使用起来更为方便这一方面，尚待改进，焊接机和金属接头也须改造。十九岁那年，他把他的一个改进设计的书面方案交给十分赏识他的三松产业机械公司的三松经理。三松十分惊喜，立即聘请香代到三松公司工作。战争结束后，从军队复员回来的香代成了三松经理的得力助手，帮助三松恢复战时遭到了破坏的三松产业机械。当时，母亲已去世，两个兄弟也在战争中战死。从此，香代除了给父亲送一些钱外，不再回家了。三十岁时，香代得到三松经理资助，独立开了一家店铺。他无暇考虑结婚之事，再说女人对他来说，不过是发泄生理欲望的玩物罢了。他香代人生的目标是事业的成功。苍天不负有心人。十五年之后，他已拥有一个资本为六千万元的公司。之所以取得如此成就，不仅在于他善于巧妙地改进机械，也在于他擅长经商。

可是，到不惑之年，他感到事业难于进展了。虽然眼前买卖还算顺利，但上升速度缓慢。他预感到如此下去，公司将走向下坡路。因为大公司已着手制造各种不同类型产品，在贩卖方面也采取系列化出售商品的形式。战前，日本产业主要是单一型，小公司以生产某一种有特色的产品而得意，并且也只贩卖这一种产品。但从昭和三十年前后开始，由于企业竞争激烈，大公司已不能安于制造单一产品了，于是，造船厂开始生产工业机械，电机厂开始制造留声机、水泵，炼铁厂炼起铝来，棉纺厂卖口香糖。它们一步一步地逼迫香代这样的小公司。香代渐渐感到公司扩大过快，本来光搞贩卖就够了，然而却又办起工厂，这样一来，受到大公司的压力，香代感到自己力不从心了。他虽然对自己没有学历这一点并不感到特别不安，但他的经营能力也并非很强。于是，他赶快网罗人才，招收大学毕业生，以高薪从其他公司拉来营业部长。虽然错过了最好时机，但在他四十岁时，公司在经营方面也实现了现代化。现在的董事、营业部长泉，工场场长濑田，总务部长石户等都是这几年参加公司的人员。香代又把一开始就追随自己的堀田提拔为专务，把铃木提拔为常务，他们都成了公司的名义负责人。

无论在人事方面，还是在管理方面，香代都是独断独行的。

新参加公司的人都劝经理不该再独身生活下去了，他们还常在酒席上劝香代穿戴要像个经理的样子。

当然，他们是以开玩笑的口气说的，但香代受不了他们的劝告。

实际上，对于事业，香代信心已开始减弱。他从十三岁开始历尽艰辛，惨淡经营，三十年来，没有歇一口气。他想静静地休养一段时间，这样一来，信心或许还能恢复。如今他采纳了新职员的种种建议，不但没有成效，反而江河日下。新产品卖不出去，原来产品的销售也远不如昔。于是，职员们又提出要改变窘境，唯有公开出售股票吸收资本，实现彻底的设备现代化才行。堀田专务、铃木常务也持这种意见。对于香代来说，把他人的资本引到自己一手创办的公司里来，是何等痛心的事，但若不如此，又没有别的办法。

可是，除了将股份公开以外，公司的体制无法改革。于是，香代产业的股票在第二市场出售。

出乎意料，危机过早地降临了。就在这时，经营香代产业产品的矢岛商店还没有支付将近一亿元的大量货款，就倒闭了。香代产业蒙受了极大的损失。

香代为了筹措资金，以股份作担保，向高利贷者借款。高利贷者又在对他们有利的时刻将这些股票投放到市场。

因为以经理名义的股票流入市场，是万不得已而为之的事，香代产业的股票价格瞬间跌落了一百元。为了增加资本，务必保持住股票的价格，否则，公开股票就失去意义了。于是，香代想以自己的住宅作为保证，保持住股票的价格。另外，为了筹措资金，他瞒着公司职员向高利贷者借款。

除了堀田专务和铃木常务以外，出于经理的面子，香代不能让新干部们知道公司当前的状态。让他们知道了也无济于事。因而新干部们还蒙在鼓里，全然不知公司急转直下，面临破灭。

那些新干部们以为自己很有一套，香代产业非靠自己而不能发展。他们高谈阔论，利用交际费，大吃大喝。

在这种情况下，香代产业开始拒付支票。

香代抛弃了妻子美沙绪，失踪了！

香代之所以要伪装自杀，并不仅仅因为公司的破产。不然，他将一死了之，或另起炉灶重新再干。他之所以要暗地活着，是因为他怀疑自己的爱妻美沙绪不贞，怀疑公司里有出卖自己的人，他要亲眼加以证实。

十分自负的他之所以对公司的经营失去兴趣，而完全依赖新干部们，极大的原因是由于过于宠爱美沙绪。

香代是在四十二岁时，经总务部长石户介绍和美沙绪结婚的。

她是石户的远亲，小家碧玉，出生在一个医生家庭。她皮肤白净、眉毛细长，一副古典式容貌，举止端庄文雅。在父母亡故之后，她将住吉那所父亲的医院改建成教室，招收几十个弟子，教授茶道和花道。她大概相当精通这两道。由医院改造的教室，虽然阴暗，但比较宽敞，共有六间屋子。美沙绪在此独身一人，教习弟子。

香代原来就想娶一个中产家庭的女子为妻，美沙绪正合其意。而且她皮肤细嫩，好像一下子就能将男人吸引过去似的。现在这样的女子已不多了，所以，经"月下老"石户作伐，香代一见钟情，当即同意。

他们结婚时，美沙绪已经三十一岁了。香代问她为什么独身至今，她简单回答说，过去不想结婚。

对于美沙绪的品行，石户拍胸保证：绝对没问题。

婚后，家庭生活是幸福的。只是香代意外地发现，美沙绪原来是一个相当讲究穿戴、花钱如水的人。她非高价的服饰、首饰而不买。因为很爱她，香代在一般情况下总是满足她的要求。可是，当她提出要购买一幢豪华的住宅时，香代犹豫了，但结果还是拗不过美沙绪：他在宝冢盖了一幢占地面积三百坪、建筑面积六十坪的邸宅。建筑材料，因为她不喜欢用钢筋，说有湿气，而用"重铁骨"。这幢邸宅，包括地皮在内耗费了三千万元，这对急于把资金投入扩大事业，存款不多的香代来说，是相当不容易的事。

结婚之后，香代盼望早生个孩子，而美沙绪不要。争论结果，美沙绪要香代等到她三十五岁的时候再说。香代无可奈何……

住在釜崎天乐庄的香代，平平静静地打发着日子。因为目前经常外出颇为危险，他每天都在屋子里无所事事，只有晚上去一趟"一杯酒店"。他每天都买报纸看。香代产业拒付支票以后，其股票价格跌落至十五元。股票在特设的交易所里出售。专务堀田根据"公司更生法"，申请暂时拒付债款。由于拒付支票，股票跌落至十五元，太便宜了。但也无可奈何。

香代又买了有关股票行情的报纸。得知他的产业连日卖出了几万元的股票。因为股票太便宜，仍有购买者。香代觉得，自己的财产正被他人抢夺着。

一天夜里，他走出釜崎，突然想到宝冢自己的邸宅现在不知如何。他乘"坂急"列车回到宝冢。他家在靠近大阪方向的丘陵地带一个高级住宅区。他已经"死"了一个月，家里不会有债权者光顾了吧。他一边怀着"房子大概被卖掉了"的惴惴不安的心情，一边踩着熟悉的小路，走到石门前站住。风景依旧，石门旁的小树篱笆依然围着宽阔的草坪。

二楼美沙绪的屋子窗口亮着灯光。绿色窗帘儿透过来的灯光，依然像香代在的时候那样柔和。香代皱起了眉头，往旁边一看，石门上依然挂着香代的门牌。

香代走近厨房门。那旁边有个狗窝，养着一只名叫塔卡的三岁的秋田犬。因为有人，狗从窝里跑了出来汪汪吠叫，可是，好像它嗅出了是主人，叫声变得低沉而亲昵。

香代急忙闪开。但塔卡仍不停止吠叫。这时，二楼窗户打开了，香代慌忙将身子躲到树后。

"塔卡，怎么啦？"

是美沙绪的声音。香代屏住气息。美沙绪没发现有人，又放心地关上窗户。

香代愕然了。美沙绪的声音是那样平静，并不像家庭业已破产、丈夫自杀的寡妇。

釜崎周围有许多受理零杂事务的所谓"斡旋店"，香代以物色公寓为借口，委托一家到登记所调查自己的房子。结果使他惊讶不已的是：抵押全部还清，房主已由香代达男改为美沙绪。香代以这所房子作为抵押，借了一千五百万元的款项。香代在"自杀"前，留给美沙绪三百万元，并不能抵还这笔债务。那么，美沙绪如何搞到巨款呢？

按法律，公司借了款，公司成员个人的财产不必用来付债款。债主尤其无权触动公司成员妻子的财产。况且，香代已经自杀了，这就解除了隐藏财产的嫌疑。还了抵押款，房主改为美沙绪的名字，债主更不敢处理这座邸宅了。

是美沙绪瞒着香代藏下了大笔私房钱，还是谁替她还了这笔债呢？

香代开始怀疑美沙绪有情夫是在两年前。他只是这样怀疑，而没有真凭实据。他也暗自责备自己，这大概是因为自己经营不顺而神经过敏的缘故吧！尽管如此，这一次，他之所以想活着，还是为了证实自己的怀疑是否正确。

美沙绪曾经当过茶道教师，言谈举止十分典雅文静，即便和丈夫在一起也是如此。且不说她从来没有在饭后或电视机前捧腹大笑过，甚至常常是一本正经的样子。本来夫妇在一起，把自己的一切呈现在对方而前是极为自然的，而且从中才能体味到夫妇之趣，偶尔有口角干架也是正常的。可是他们从来没有这样过。

从小吃苦长大的香代很知道普通庶民家庭的情况：丈夫殴打妻子，妻子摔碗打碟，耍赖骂街是家常便饭。可是香代家十分平静，香代有时一连几个晚上因宴会或什么原因很晚才回家，美沙绪也从不流露出不满的神色。

有一天晚上,他故意不回家。这大概是一年前的事。

美沙绪确实不高兴。她逼问香代。为此,香代似乎对美沙绪有了一点儿了解。他想,要使美沙绪成为普通的妻子,非采取这种手段不可。

出于这种动机,香代和秘书毛利保子发生了关系。

毛利保子是一个和美沙绪正相反类型的女人。她眼眉间隔短,容貌有异国特点,她身体结实,有重量感。她虽然年纪不过二十四岁,却深通情事,使香代感到十分满足。

就这样,香代既爱美沙绪,又保持和毛利保子的关系。他每月给保子五万元。保子离开家,搬到公寓去住。

而香代初次对美沙绪产生怀疑,却是和保子在旅馆幽会的一天晚上。当时,保子意外地谈到美沙绪:

"经理,您太太大概知道了我们的事儿吧?"

"胡说,她怎么能知道呢?"

"可是……我以女人的直观感觉,觉得太太对您大概很放心!"

"是比较放心。只是,我第一天晚上没回家时,她生气了。最近,我借口说要通宵陪客人打麻将,她好像相信了。"

"鬼相信!太太之所以保持沉默,是因为巴不得经理晚上不回去呢!"

"这是什么意思?"

"听说太太有情夫。"

"什么?你瞎说!"

香代从床上腾地起来。他原来打算和保子在旅馆欢度良宵,现在改变主意了,凌晨三时,他赶回了家。

他家有一个年近四十岁名叫初枝的女佣人,是美沙绪带来的。原来当过美沙绪父亲的护士。香代到家时，大门紧闭，房内寂静。他按了大约十分钟电铃，大门里面灯才打开，美沙绪出来开门。她穿着西式睡衣，外面套着对襟毛衣。

"您怎么现在回来？"

"麻将牌提前打完了。初枝呢？"

"她今天放假。每个月她不是有三天休息吗？虽然是女佣人，假日也要回自己家休息的。"

"可是，我不在家的晚上，不放她回去也可以嘛。"

美沙绪睡眼惺忪。香代打开了有七坪的会客室，又看了旁边的一间住室，然后登上二层楼。卧室里放着两张单人床，这是按美沙绪要求摆放的。香代的床，盖着床罩，床单没起皱褶，毫无被使用的痕迹。

"怎么啦？瞧你那个样子！"

香代不搭理她，又怒气冲冲地把目光移到她的床上。他紧张地掀开她的被子，没有特别异常，只是床单比她一个人睡的时候显得凌乱，但没有和男人同床的迹象。

美沙绪也感觉到香代异乎寻常。她表情生硬，一言不发地脱下了睡衣，钻进被窝。

"马上就天亮了，睡吧。"

香代正要开口时，突然屏住了气息：他发现她摘下了宝石戒指。香代受到了极大的震动。显然，她作了至今他没有见过的事。他虽没抓住美沙绪不贞的证据，但也如同发现了一样，受到极大刺激。

美沙绪如果有情夫，是谁呢？香代越来越怀疑石户了。他是香代和美沙绪的介绍人，原是拥有六十亿元资本的浜山机械公司的供销科长。他毕业于第一流大学，颇有才能。同为推销和香代产业同样的各种机械，香代在许多次聚会中见到他。那些场合，大公司都派供销科长出席，而香代产业规模小，只能由经理亲自出马。这是大公司和中小企业的区别。他们相识，是石户主动接近香代的。

香代欲网罗人才，就以高薪把石户拉到自己公司来了。之后，石户经常出入于香代家。当然，常来常往的，还有堀田、铃木等，不过，能和美沙绪靠近，谈话投机的只有石户。再说堀田面貌丑陋，色如岩石；铃木年已过五十。显然美沙绪看不上他们。

可是，香代还没有抓住美沙绪和石户的把柄，就破产了……

这一夜，香代回到宝冢，站在这座宽阔的邸宅前，他要知道美沙绪是怎样生活的，这也是他伪装自杀的目的。他决心潜入自己住宅。他已经在釜崎附近的旧工具店买到了所需工具，因为他家的门十分结实，非寻常手段而打不开。他随身带了足够五天用的口粮。草坪的庭院不能走，因为那里安的是十分明亮的水银灯，容易被发现。于是，香代溜到东侧那条联接草坪和后院的小路上。这里十分幽暗，也不会被秋田犬发现。可是，当他走近厨房门时，秋田犬从狗窝走出来，汪汪吠叫。香代赶快上前抱住它，用手帕包住它的嘴，使它叫不出声来，然后又把它放进狗窝，关上门洞。秋田犬进到狗窝里，虽然动来动去，但传出来的声音小多了。

此刻是凌晨三时，美沙绪可能在熟睡中。香代索性把厨房的电灯关掉，周围马上变得漆黑一片。

厨房门上有一个四方形的玻璃窗，窗后嵌有铁条。但香代带有房门钥匙。这是在出走时，为了以后用特地带出来的。他打开厨房门，回身迅速取下包在秋田犬嘴上的手帕，然后走进家中。

一股熟悉的气味。他回到了自己的家!

什么东西放在哪里,香代闭着眼也知道。他走进客厅,那意大利台灯仍放在原处。

登上二楼。结实的楼梯上铺着地毯,走起来没有声音。上了楼,他把耳朵贴在卧室门上,里面静悄悄的。

他又走进卧室旁的屋子,关上门后,开亮了电灯。意外地,室内的摆设和他在时无异。

窗户旁边的桌子、椅子,除有关机械方面的书籍上面落了一些灰尘外,一切和香代在时一样。

房子里冷冷清清的,香代这才强烈感觉到自己已经"死"了。

他又打开西服壁橱。他的西服还原原本本地挂在那里。难道美沙绪已经看出自己是伪装死的,还在等待自己归来吗?

香代家只有西服壁橱上的天花板可以打开。他端过来一把椅子,站上去,打开通口,放下梯子以后,又把椅子放回原处,然后,登上天棚。当天夜里,他用工具分别在卧室和主妇室开了窥视口。

他躺下来,看了看表,已是凌晨四时。天棚上暗暗的,只有从窥视口透进来一丝亮光。他完成了监视前的准备。

天棚是浮石结构,声音不易传下去。当天晚上七时,美沙绪终于出现了。她好像外出回来,一进屋子马上脱了外衣,只穿一件衬裙。这样的装束,香代从来没见过。随即,她打电话。尤其令香代惊讶的是,她屁股一翘坐在桌上,架着二郎腿,还一只手拿着没点着火的香烟。她用一种香代从来没听过的娇滴滴的声调说着。他听不太清讲话内容,但时时听到她那咪咪的笑声。

"不可以呀,在百日之前,您暂时忍耐一点儿吧。"

不用猜，对方一定是男的。百日，即香代死后的第一百天。那就是说，离今天还有两个星期。

电话毕，她换了衣服，在镜前左照右照将近二十分钟，下了楼。

香代因为是蹲在二楼的天棚上，不知一楼的情况，美沙绪返回二楼屋子时是八点整。进屋后，她边喝酒，边看电视。其间，女佣人给她端来凉茶。此刻，她披着红天鹅绒睡衣，纤细的手指上闪烁着另一个宝石戒指。她频频地往嘴边送着白兰地酒杯。这种贵夫人形象令香代感到她同过去判若两人。自己是多么不了解美沙绪呀！香代边感叹边揉着眼睛。他从小洞盯着下面，因眼睛累了，而不得不休息一会儿。

凌晨二时，香代从家里悄悄溜出来。

香代产业设特别商店出售股票，因为价格只在十五元至二十元之间，香代估计连日一定有许多人购买，可是他一看经济报，香代产业出售股票很少。他感到奇怪。或许是谁把香代产业的股票大量地包买去了。这是香代所不愿意的。

可是有人大量购进这样便宜的股票，无异于掠夺了香代产业。这使香代心如刀割般地痛苦。

香代产业的债务是四亿元。虽然，他的资本不过六千万元，可是它还有包括土地和房屋在内的固定资产，按时价估计，有五亿元。

大公司如想吞并香代产业，只要购买香代产业全部一百二十万股股份的八十万股就达到目的了。

按现在每股为二十元的价格，购买八十万股不过一千六百万元。即便每股增加至三十元，那么购买八十万股，也只要二千四百万元。因为香代产业还有五亿不动产。以这样的金额，买下香代产业是极为合算的。而且将香代产业的销售网并入其公司的销售系统内，这对于那个公司来说，将能获得更大好处。

香代一气之下撕破经济报。

如果他的担心变成了事实，他也毫无办法。他只能内心祈求不要产生这样的局面。

在香代"死"后的一百天，香代终于从天棚上看见了一个男人和美沙绪并肩走进她的卧室。果然是石户。

石户容光焕发，充满自信；美沙绪表情兴奋，两眼泛着媚光。两个人在香代眼皮下搂在一起。

"祝贺你，成功了。"美沙绪大声笑道。

"是呀。从明天起，我将返回浜山机械，回去以后，由过去的科长将被提升为营业部长……"

香代呆呆地听着。他全然不明白石户话里的意思。

浜山机械不是原先石户所在的公司吗？香代用重金把他拉到自己公司，因而可以说是他背叛了浜山机械，可是他又怎么能回到浜山机械，并且反而被提拔为营业部长呢？

这究竟是什么意思？

"先干杯吧。"

美沙绪往两个杯子里倒白兰地，两个杯子碰在一起了。

"我接受务必搞垮香代产业的命令，潜入到香代产业中。可是，完成这个任务谈何容易！我首先从如何削弱经理的事业心开始，也就是把你嫁给经理，不，香代大叔。以使你通过枕边充分发挥作用。"

"可是我没有信心，就连被他抱住的时候也哆嗦。"

"可是，你的确起了了不起的作用。香代大叔在事业关键的时刻松劲儿了……"

"……有一天，深夜他突然闯回家，真把人吓得魂飞魄散。还好，就像经常在电影中见过的那样，你爬到床底下……"

"当时，我狼狈极了，好在没有被发现……"

"可是从那以后，他就对我疑心了……"

"不过他绝没想到无论香代产业还是矢岛商店都是让浜山机械给坑了。为了使香代早日破产，我让香代产业花了很多钱购买大批的物资堆在那里。这些事儿，香代蒙在鼓里就死去了，还算幸福。如果知道了，那就死不瞑目了。"

"你真坏！"

"你也好不多少。在这样的世上，不是你吃了我，就是我吃了你。是被吃掉的人自己不行呀！"石户得意地狞笑道。

"你是怎么使矢岛商店破产的？"

"矢岛商店从很早以前就开始大量出售我们浜山机械的产品。原来他们每三个月给浜山机械付一次款，在倒闭前一年，浜山机械以资金不足为理由，逼使矢岛商店必须一个月付一次款。付款时间由三个月改为一个月，看来是简单的事，可是这给作为代销店的矢岛商店以极大的压力。它资金无法周转了，以至使其基石发生动摇，最后导致倒闭。"

香代感到眼前一阵发黑。他们多么心毒手狠！

石户说得不错，香代听了这些以后，真是死不瞑目。

突然，美沙绪又说："我总算还清这所房子的抵押款一千五百万元了。其中七百万元是我出卖住吉那所老房的款，八百万元是浜山机械赠送的……"

"这次搞垮香代，浜山机械赚了几亿元，你立下了汗马功劳，它拿出八百万元作为给你的酬金也不算多……"

"……喂，你什么时候和你太太离婚呀？"

"你稍等一段时间……"

"怎么，你以为我得到八百万元就满足了吗？"

"混！你还不理解我的心情？"

可是，香代没有听清他们下边的对话。他抬起了头，周围漆黑一片。活着的人生，不应该是一片漆黑的呀！

"今夜，我要赶回家。最近我老婆很神经质，对我格外提防。在和她分手之前，她要闹起来，对我们很不利。"

香代急忙离开天棚。他必须趁石户穿衣之际走出房子。

香代蹑手蹑脚走过卧室前时，还听到他们在交谈。

他走到外面，看到大门旁停着一部轿车。里面没有司机，是石户自己开来的。恰巧车门没有上锁，香代钻进汽车，把身体躲到车后坐下面。

石户钻进车来了。他根本没觉察香代就踩了油门。就在车正要起动时，香代一下子把皮带套到石户脖子上。

石户像觅食的公鸡似的，呃了一声，用手拉着皮带圈徒劳地挣扎着。

"知道吗？是我，香代！"

香代边勒紧皮带，边在石户那痉挛的耳朵旁低语。

香代把车开到山上，扔掉了汽车，掩埋了石户的尸体。

翌日，香代又潜入自己的家。这一回，他在厨房采光的破璃上打开一个口，又用钳子掐断玻璃内防盗的铁条，给人以强盗闯入的假象。而后，他把手伸进去试了一下，知道能伸到门栓处时，打开门进去。随后，他用包袱皮将脸严实地包好，只露出两只眼睛。

凌晨二时。根据日前的经验，他知道此时美沙绪做完了健美操后疲乏地进入了梦乡。香代溜进美沙绪的卧室。他用手电筒照着熟睡中的美沙绪，但她乃未醒。她那从被窝里伸出来的手上，那颗深红色的宝石在黑暗中闪烁着光芒。香代拔出短刀，在美沙绪脸颊上拍了三下，她终于睁开了眼。

香代默不出声地用手电筒照着美沙绪。她的脸充满恐惧。

香代把尖刀放在她上下两排牙齿中间，使她不敢出声。

香代随后换用左手拿短刀，腾出右手拿出在旧工具店买的手铐，把美沙绪两手铐住。随即，他掀开被子，把她的两脚也捆起来。

香代取下美沙绪蒙眼的布，摘下自己的覆面。他叫了一声："美沙绪……"

美沙绪看到是香代时，发出一种异样的声音，昏了过去，香代没有理她，走出了家门。

等待他的，只有白浜的悬崖了。他好像又听到海浪向他发出了死亡的呼唤。

跟　　踪

松本清张　著

　　柚木刑事和下冈刑事在横滨上了车。他们之所以不从东京站出发，是怕万一碰上熟悉的报社记者。火车在横滨站发车时间是晚九点三十分。两人分别回家做好出差准备后，乘国电京浜线到横滨碰头。

　　三等车厢内拥挤不堪，根本没有座位。他们只好在走道上铺报纸坐下，一夜未曾合眼。

　　车到京都，下冈找到了一个座位，而柚木直到大阪站才有了座位。

　　天亮了，太阳升起来。秋日的阳光透过车窗，暖洋洋地洒在车厢里。柚木和下冈却迷迷糊糊地睡着了。

　　当柚木醒来时，列车已到广岛附近，夕阳正照耀在海面上。

　　"咱们都睡得真香啊。"

　　从盥洗室回来的下冈笑道。他们在岩田车站买了盒饭，当作午餐和晚餐一顿吃了下去。

　　"你快到了。"柚木说。

"嗯，还有两站。"下冈回答。

车窗外，茫茫大海在苍茫暮色中变成黑黝黝的一片，远方小岛上忽闪忽闪的灯光越来越明亮。

他们两人都是第一次到这么远的地方出差。

"你还有很长的路哪。"下冈望着柚木道。柚木只是嗯了一声。

在一个叫"小郡"的荒凉的车站，下冈下了车。他要从这里换乘支线的列车，到另一个小镇上去，列车开动时，下冈对柚木挥手告别。

望着站在陌生小站月台上同事的身影渐渐变得模糊不清，柚木心中不禁掠过一种寂寞之感。

柚木将去九州。过门司后，还要再坐三个小时的火车，所以下冈刚才才说："你还有很长的路哪。"但是，这不仅是对柚木长途跋涉的同情，也流露出他对柚木此行能否顺利完成搜查任务的担心。

只剩下一个人的柚木，开始读起袖珍本的翻译诗集。平日被同事们取笑为"文学青年"，所以他只能背地里偷偷地读这类书。

这次他们担任搜查的案件，是一个月之前发生在目黑的：歹徒闯进某公司一个董事的家，杀害了主人，掠夺了财物后逃跑。凶手未留一丝痕迹，毫无线索，致使搜查难于进展。然而三天前，一次偶然地盘问过路可疑行人时，凶手落网了，是一个名叫山田的二十八岁男子，某工地工棚的建筑工人。

开始，山田只供认是他一个单独作案，报纸上也做出了这样的报道。然而，两天前，他供出了同案犯。

"是我提议去抢劫的，可是杀人的却是和我一起干活的石井久一。"

经调查，罪犯供认属实。于是又调查了石井的出身经历：他三十岁，独身，原籍山口县农村，现在那里还有兄弟及其他亲戚。三年前离开农村来到东京，开始当商店店员，后失业，干过各种各样的临时工作，甚至卖过血，最近才到这个工棚来干活。

"他沉默寡言，不喜欢东京。因为得肺病，有时半开玩笑似地说，自己早晚是要自杀的。他还说想回家乡，但没路费，到工棚来干活，不过是混碗饭吃。"

根据山田的供述，立刻与石井家乡的警察联系。然而答复是石井并未回家乡。考虑到他有可能在某地停留一个时期后回家，搜查课决定派人到他家乡去，这是常规行动。下冈刑事被责成担任了这个任务。

关于石井，山田还讲了这样一些话：

"石井说，他最近经常梦见昔日的恋人。我问石井，她现在如何，石井回答，她嫁到九州方面去了，并说知道她的地址。可是我没有问他恋人的名字。"

为了慎重，又给石井原籍的警察打电报询问，托他们调查核实，答复是，石井当时确有一个恋爱对象，但在他到东京的一年以后，就嫁到九州去了，同时还报告了那个女人的名字及住址。

围绕这条线索，搜查课内有两种意见。一些人认为石井不会忘记那个女人，可能逃到九州她家里去，另一些人则说。石井还会留恋三年前就已分手的恋人吗？更何况她已出嫁了。

柚木是持前一种意见的。

柚木脑海里总是翻腾着山团所说的，石井经常梦见昔日恋人的话。他患了肺病，总是开玩笑说要自杀，他豁出性命作案也是带有自暴自弃性质的。一个年轻人，满怀希望，跃跃欲试地来到东京,却遭到失业的打击,沦落成靠打短工、卖血、到工地帮工为生,后又雪上加霜染上肺病,他终于绝望了。

"石井可能会去什么地方自杀,但他死之前肯定会去见昔日的恋人一面。"

对于柚木的这个推理,赞成的人很少,但得到了课长的支持。于是决定由下冈去石井的故乡,柚木去那个女人所在的九州。

报社只知道抓住了凶手山田,却不知山田供出了同案犯。警视厅曾有过教训,由于在东京火车站受到新闻界的干扰,致使搜查人员耽误了时间未能逮住凶手,使案件至今悬而未决。因而有关石井的事,对报界严格保密,柚木和下冈此行也十分留心,以免被记者发觉。

深夜,柚木抵达S市,下榻于站前旅馆。由东京风尘仆仆直达这里,柚木疲惫不堪,然而经一夜酣睡,次日清晨他又精神抖擞了。

他先到S市警察署会见署长,递上请求协助搜查的委托信等文件。

署长唤来了司法主任,表示可抽人全面进行合作,但被柚木婉言谢绝。他觉得和地方警署只要接上头就可以了,任务由自己单独完成。

临别时,柚木对署长及司法主任道:

"关于这一案件,请不要被本地的新闻记者们知道。现在,这个女人是与石井毫无关系的别人的妻子,石井的这次来访,对她来说,无疑是一场灾难。此事一经报道,好端端的家庭将有可能被搅得一团糟,那太可惜了。"

她大概不曾对丈夫说过石井,他们正过着平静、安宁的生活。然而,突然,旧日的情人成为凶恶的逃犯跑到这里。此事若被她丈夫和世人所知,后果会如何呢?令人追悔的过去被揭发出来,她将被逼得走投无路呢。

柚木在街上边走边想。这里没有电车,是一个恬静的乡村小城镇。几条小水沟在市区流过。

在一个偏僻的胡同,他找到了一所围着低矮篱笆的平房,门牌上写着"横川"二字。

这家主人在这里的地方互济银行工作。与其身份相称的这所房屋也是小巧玲珑。仔细看去,门前信箱上贴着一张纸,上面写着家属姓名:仙太郎、贞子、隆一、君子、贞次。贞子是后妻。

院内静悄悄没有人影。

柚木扫视四周,发现斜对面有一间挂有《肥前屋》招牌的不显眼的小旅馆,住在这里,恰合心意。

从旅馆的二楼可以看到横川住宅的全貌。篱笆内,盛开着许多大波斯菊。狭小的庭院扫得很干净,摆着几盆盆景。这大概是横川仙太郎的爱好。房间内部由于被房檐遮住,看不见,只能望到套廊和客厅的一角。

柚木很快办好住宿手续。刑事的差旅费很少,费用低廉的这个旅馆真令人满意。

柚木把拉窗拉开一道缝,坐下来目不转睛地望着横川家。

一个身穿炊事单衣的女人出现了。她把被子摊开晒在走廊上。这是一个身材适中、眼睛很大的二十七、八岁的女人,大概就是贞子。她外表不过是一个平凡的家庭主妇,令人难以想象她有什么恋爱经历。

不一会儿,一个六岁左右的男孩走出来,缠着贞子。看起来,继母子之间相处很融洽。在旁人看来,就像是静静的秋日阳光似的,一幅安详的家庭风景画。

果然，石井还未到这儿和她取得"联系"。如果石井出现过，这个女人绝不能如此平静。

时近中午。贞子把编织机搬到走廊，开始织毛衣。她低着头专心操作，只听到单调的咔嚓咔嚓的机器声。

一点钟左右，一个十五六岁的男孩和一个十二三岁的女孩放学回来了。他们是仙太郎的长子和长女。贞子停止编织，走进屋内，大概是去准备午饭了。不一会儿，她又出来，操纵机器又织了一个小时。男孩儿手持棒球杆走出去，女孩也出去玩儿了。

贞子拿出一本杂志翻看。好像是在寻找附录的编织图案。常常看一会儿，思索一会儿。

不久，她站起来，走进屋内，一直呆到四点，又手提一个菜篮从后门走到大街上，看样子是去采购晚饭的食物了。

这次柚木总算清楚地看清了她的面孔。面貌端庄，但显得憔悴，身着比年龄老气的服装，无精打采。

只过了四十分钟，她就回来了。菜篮里装着用报纸包裹的东西，另一只手还提着一个半升小酒瓶，看来她丈夫有晚酌的习惯。

她的丈夫在六点之前回家来了。他又瘦又高，大概习惯低头走路，背有点驼，从细小的缝隙中，柚木看到他颧骨很高，脸上布满皱纹。他弯着腰，消失在自己家的大门内。

看上去大约有五十岁了。一个初婚的年轻女子，为什么肯嫁给一个带有三个孩子的年近五十的男人呢？也许因为她曾失过足，不可能找到比这更好的婆家了。

柚木正在这样想着，女佣人送来了晚饭。

柚木向她试探地打听道：

"我闲着无聊，就向外张望，那个院子里种着波斯菊的家的女主人，真能干哪！"

"哎呀，从这里偷看别人的老婆！"

女佣人用本地方言说着，笑了起来。

"她是主人的后妻，长相漂亮，脾气又随和，可以说是一个好太太。我这么说可能不好，横川先生是太配不上她了。"

"为什么？"柚木追问。

"他已经四十八岁了，比太太要大二十多岁。为人又特别吝啬，自己掌管钱财，每天只给太太一百圆左右。听说太太刚来时，他连米柜都上锁，每天称出米来给太太做饭呢。他自己每晚都喝酒，却不让太太去看一场电影。"

"这么说，他们夫妇感情不好了？"

"是的。不过因为太太脾气好，他们也没吵过架。她很疼爱孩子们，这样的太太，太少了。"

瘦高个丈夫早八点二十分离家去上班。他弯着腰，紧锁眉头，皱纹很深的侧脸给人以一种不和悦的感觉。

贞子伫立门前目送丈夫远去。在清晨的阳光下，她脸色显得苍白，似乎流露出一丝疲倦的神色。这似乎是个缺乏热情的女人。

两个大孩子也到学校去了。贞子随即开始清扫。客厅、走廊、门前、庭院，足足花了两个小时，可能她那吝啬的丈夫对清洁卫生方面也够吹毛求疵的。不过，柚木已看出来，这个家庭充满着普通家庭的和平与静谧。

上午十点，邮递员来了。他把两三封信还有明信片扔进了信箱。也许里面有将要破坏这和平家庭的东西吧，看到露出信箱的信件，柚木不禁心有所动，无奈没有搜查证，不能随便检查他人的信件。

石井将通过什么途径与贞子取得联系呢？信件？电报？还

是托人送口信？这个家里没有电话，也许会利用附近的公用电话联络？或者是本人亲自登门造访？柚木作了种种猜测。

贞子走到信箱前，取出信件。只见她站在那里，把三封信的正反面都看了看，但未表现出什么特殊的兴趣。

柚木屏住声息：贞子在认真地看着一张明信片。但她看完后随即走回院子，晒衣服，神态一如往常，那张明信片看来也没有什么值得怀疑的。

贞子开始织毛衣。这时，最小的孩子从外面玩回来。一点左右，两个大孩子从学校放学回家，为准备年饭，贞子收拾活计，进屋。一直到四点钟，提上筐去市场买东西，大约四十分钟后回来。这以后再没出现，大概在准备晚饭。六点前，高个子丈夫躬着背下班回家。他还是一副不和悦的表情。

天色渐黑，传来收音机的声音，贞子家，橘黄色的灯光照在拉窗上。这正是合家团聚的时候，柚木不由得想起东京自己的家，心中浮起一阵淡淡的旅愁。

九时左右，木板套窗关上了。大概这也是贞子的工作。房屋隐进深沉的夜色之中，篱笆旁，大波斯菊的影子却更加清晰。这个和平的家庭进入梦乡。看来，今天平安无事。

翌日清晨，八点二十分整，丈夫走出大门。妻子开始清扫。十点，邮递员来。柚木睁大眼睛，然而邮递员过门而去。贞子织毛衣。一点，孩子们放学回家。下午四点，贞子去市场。六时之前，高个子男人慢悠悠地踱回来。看来他每天准时回家。

又一个平安的一天。

柚木仰面躺下，思索起来。他开始担心自己的推理错了。

"难道他还留恋三年前就已分手，并且已成为别人妻子的女人吗？"

搜查会议上同事们的相反意见在脑海中浮现。也许，他们是正确的？

然而，石井下定决心自杀。到处逃窜的他没有另外的恋人，极有可能来找贞子。

不是刚刚过了三天吗！柚木自我安慰道。石井身上应该有几万圆，那是被害者因需要而刚从银行取回来的，被他们两个凶手破门入户抢走了。石井在把钱花光之前，一定会来见贞子一面。对别人说，经常梦见过去的恋人，这不是说明他们尽管分手，石井却仍然旧情难忘吗。被追捕，在社会上无法立足的石井为了重温哪怕五分钟的旧情，也会长途跋涉而来。

柚木对自己的这种见解持有信心，但仍然惴惴不安。

柚木本想在只有贞子在家时去见她，说明事情原委，但考虑后又作罢。因为在这种情况下，女人的立场未必会站在自己一方，说不定还会帮助凶手躲避追捕呢。类似事情过去时有发生。

又一天来到了。清晨，八点二十分，丈夫上班，贞子打扫卫生。邮递员又是过门而不入。接着：织毛衣，洗衣服，买东西，六时之前，驼背的丈夫回来了。

生活单调地循环着。可是，正是这种单调的循环，才说明了平安无事。只有石井的出现，将破坏这种均衡。

第四天，依然如故。

第五天，重复着过去的一天。

柚木克制住焦虑的心情。他苦苦地等待着这一家庭中不幸的突然降临。

天气晴朗。明亮的阳光照耀在道路上。路上行人很少，这是一个毫无生气的仿佛在沉睡的小镇，街道两旁甚至还有一些稻草房。

几个人站在路上说话。邮局办简易保险的办事员把自行车停在路边，到附近几家人家去收保险的款项。之后，又有一个手提皮包身穿西装的男人挨门挨户地走访，象是个什么商店的收款员或推销员。他走进了横川的家。如果是个推销员，那他决不能成功，因为每天只从吝啬的丈夫手中得到 100 圆钱的贞子是没有剩余的钱买别的东西的。果然，他立刻从门里走了出来，然后，悠然地走到街角拐了过去。

又有几个青年人高声谈笑着走过来。因为说的是方言，柚木听不懂。这条偏僻的道路经常间隔二十分钟左右才有行人通过。

眼前的一切太单调了，以至柚木的上下眼皮都打起架来。

贞子出来了。她仍穿着白色的炊事罩衣。但柚木马上注意到她换了另一种颜色的裙子，另外还换上了毛衣。柚木看看表，十点五十分。她也许是去买东西吧，但今天太早了。

柚木跑下楼梯。为了准备应付这种突然情况，他已提前交了住宿费。

就是那家伙！柚木脑海中闪过刚才那个穿西装的男人的身影。

柚木跑到街上时，已经看不见贞子。他并未觉得紧张，只是想快走几步就能追上。

然而，他失算了。前面是个三叉路口，其中右面的一条通往市场。柚木的脑海里，奇妙地把贞子穿着炊事罩衣的姿态和市场联系在一起。这是因为连日来都看到贞子穿着白罩衣到市场去的缘故。

柚木毫不迟疑地向右拐弯。市场上，商店之间有几条细细的小路，女顾客很多，而且许多人穿着白围裙。这使柚木傻眼了，他拼命寻找。

没有。

柚木心慌了。

"请问火车站怎么走?"他抓住一个行人问道。

按照那个人的指点,他终于来到了车站。几乎出于本能,他直接走到火车时刻表前抬头观看。现在是十一点二十分。刚好一小时之前,有一列向东京方向开的火车,之后,就没有出站车了。柚木松了一口气,他在候车室等地方转来转去地寻找,没有找到。候车室里人很少,孩子们在那儿玩耍,因为下一班车要一小时之后才开出。

柚木走出车站。阳光照耀的地面上落着成群的鸽子。他掏出香烟抽起来。

公共汽车到站了。乘客们纷纷下车。车厢内空了以后,汽车又开动了。柚木随汽车开动的方向望去,那里是起点站,共有三辆汽车停在那里,白色车厢上都有一条漂亮的红线。

啊,怎么没注意到这里!柚木急忙跑过去。

汽车里已坐满了乘客。他一眼扫过去,没有。

柚木来到售票处。这里有镶嵌着玻璃窗的漂亮的柜台,三四个司机与售票员坐在一起正在闲聊。柚木拿出名片。

"刚刚开走的汽车是开往什么方向的?"

"开往白崎。"

一个好像是售票监督的人边看名片边有些拘束地回答。

"那辆车上有没有一个穿白色罩衣的女人?"

柚木自己也不敢断定贞子是否还穿着白围裙。

"这个……"

几个售票员回答说没有注意。

监督去乘务员休息室打听了。不一会儿,带了一个女售票员回来。

"刚才开往白崎的汽车上是有一个穿白罩衣的女人,可是,和她一起的那个人叫她脱掉了。"女乘务员说道。

"和她一起的人？是男的还是女的？"

柚木双眼放光地问道。

"男的。"

"什么样的男人？"

"嗯……我也没认真看，大概三十岁左右吧，穿一身藏青色西装。"

"啊，藏青色西装！拿手提包吗？"

"拿着，是茶色的。"

对，完全正确！

"你知道他们买的是到什么地方的车票吗？"

"不知道。"

"这辆汽车什么时候到终点呢？"

"十二点四十五分。"

柚木看看手表，差五分钟十二点。若立刻雇出租汽车，在那辆车到达终点之前也许能追上。

柚木回到火车站前，马上租了一辆出租汽车，让司机沿通向白崎方向的公共汽车路线行驶。

这是一条宽阔平坦的道路，两旁是一块块稻田，远方可以看到起伏的群山。道路两侧种着许多红栌，火红的树叶非常美丽。

汽车行驶了一会儿，平原变得狭窄，道路开始上坡，进入了丘陵地区。山上，挂满密密层层红叶的红栌树林像一片红色的海。

沿途经过了几个小村落。在途中终于没有追上汽车。白崎是一个小镇，公共汽车停在那里，司机和售票员正在休息。乘客已全部下车，车上一个人也没有了。

柚木走上前去问道：

"请问，你们是否记得一个身穿藏青色西装提着手提包的三十岁左右的男人和一个二十七八岁的女人？他们是在哪个车站下车的？"

"是那两个人吗？"

司机吐掉嘴上的香烟，对女售票员说。

年轻的女售票员说道：

"那两个人在草刈站下车了，从这儿往回数第五站。"

据司机说，那一对男女下车后没有向村庄走去，而是去山中温泉方向了。乘客中有人看见后说了句卑猥的玩笑话，引得大家笑了。所以印象很深。从Ｓ镇可坐汽车直达温泉，也可翻过这座山走过去。

柚木立刻跑到邮局，向Ｓ镇警署发出了求援电报。

道路沿丘陵山势缓级上升，路两旁积满了落叶。山中，一片金黄色的树林中，掺杂着枫树叶的朱红色。

柚木沿这条路向山中走，已经知道了那两个人的去向，就用不着慌乱了。他们在前面走，自己在后面追，不知在哪里能发现他们。但柚术觉得自己心中轻松多了。

看看手表，一点半了。虽说是秋天的太阳，但一走山路，还是使人汗流浃背，路上渺无人迹，只有伯劳鸟在高声啼叫。

这一带有许多杉树、柏树、樫树；椿树也不少。楠树那粗粗的树干上缠绕着藤条枝蔓，高处有通草垂吊下来。

柚木听到一种不太熟悉的叫声。他抬头仰望，只见一群鸟在树枝上跳来跳去，啊，不是乌鸦，是喜鹊。

登上山顶，视野开阔了。回头望去，远方是宽广的原野，已经收割完毕的田地呈现出黑黝黝的颜色，稻捆堆星星点点地散布在地里。道旁，立着一块路标，上写"川北温泉"，下万并排写着三个旅馆的名字《肥州屋》《悠云馆》《松浦馆》。柚木边看边想,那两个人究竟住在哪个旅馆去了呢?

下坡路。但眼前仍是起伏不平的丘陵地。路旁,芒草穗闪闪发光,高山越来越清晰地呈现在眼前。

突然,一声枪响,撕裂了清新的空气震撼着森林和群山。

柚木仿佛被人猛推一掌。完啦!他不由自主地喊了一声,面向枪响的方向呆呆地站住了。他等待着第二声枪响,然而,四周又恢复了平静,只有鸟儿成群地飞起。

石井久一是在什么时候得到手枪的呢?也许,因为他有许多钱后,在什么地方买的?柚木后悔自己一时疏忽大意,竟没有想到这一点。

可是,刚才这一枪,是对谁放的呢?枪口究竟对准贞子,还是他自己?柚木突然觉得,可能自己没有听见第二声枪响。因为他想象,石井先对贞子射击,然后再对准自己的胸膛扣动扳机。可是,若只开了一枪,那么是谁倒下呢?

柚木离开原来的山路,走上一条小径。这里是密密麻麻的干枯的灌木丛,前方有一片几乎变得光秃秃的杂树林。枪声好像就是从那树林深处传出的。

前面有人的脚步声。柚木正想藏身于灌木丛中时,一条英国猎犬出现了。猎狗看到柚木,一下子站住,吠叫起来。传来了唤狗的声音,随即,狗的主人也从树林中走了出来。"这是一个身穿皮猎装的中年绅士,肩上扛着猎枪。"

"对不起,失礼了。"

穿猎装的男人喝住了狗,向柚木道歉。

知道了枪声的来源,柚木放心了。他叫住已经走开的那个男人,问道:

"对不起。请问您看见一个身穿藏青色西装提着手提包的男人和一个女人吗？"

穿猎装的男人脸上露出戒备的神色。

"啊，我是警察。"

对方听后，点了点头。

"看见了，他们已经走出这个树林，是穿着你说的那样的衣服。"

柚木致谢后，那个男人牵着狗默默地离开。柚木忙走出树林，但没有见到石井他们的影子。

刚才，自己为什么要等第二声枪响呢？柚木开始考虑。最初，只要想到石井可能会自杀，但没想到情死。自己之所以等待第二声枪响，是因为在那瞬间，他们可能情死的预感在脑海中一闪而过的缘故。

想到这儿，柚木开始认识到，石井也许会带贞子一同踏上死亡之路。石井想自杀，选择贞子作为同伴的心理是可以理解的，柚木最初以为石井仅仅是为了同贞子告别而来，现在，必须修正这种认识了。

前面有几家农户。一个背着孩子的老婆婆目光冷淡地站在那里。柚木向她打听那两个人的去向，老婆婆用手指点着说：

"向那边去了。"

道路通向森林深处。走出森林，仍然是起伏不平的丘陵。落叶杂木林覆盖着山坡，挡住了视线。

传来了人声。柚木迎面碰上三个肩扛柴捆的村里的青年。

"噢，他们走到水库那儿了。"

几个青年人这样回答柚木的问话。

听到"水库"二字，柚木心中一惊。他快步走向通往水库方向的小路。

终于，远远地，发现了那两个人的身影，柚木看不到水面，但看到那两个人正坐在堤上。大堤上有几棵红栌树，向四周伸展的枝干上挂满了美丽的红叶。两个人坐在树下，男人西装的藏青色和女人毛衣的橙色融合在一起。

柚木一点一点地接近了他们。他悄悄地藏身子枯草丛中，但这里听不见两个人说话的声音。

女人坐在男人的膝上。她咯咯地笑着，双手搂着男人的脖子，而男人不断地低头把脸俯向她的脸。

这个平日疲惫不堪，冷漠的女人燃烧了。她挣脱了那个有着比她大二十多岁的、吝啬的总是满脸不高兴的丈夫和三个继子的家庭的束缚，解放了。她忘掉一切，紧紧拥抱着石井。

柚木躺在枯草丛中仰望天空。晴朗的蔚蓝色天空中，飘浮着几朵薄薄的白云。这里无法抽烟，他一次又一次地深深呼吸着落叶的清香。

过了一会，他抬起头。那两个人已经站了起来。女的绕到男的身后，为他捡掉沾在西装上的草叶，然后又拿出梳子，为男的梳理头发。

两人肩并肩地走了。女的一只手为男的提着那个茶色的提包，另一只手挎着男人的胳膊，偎依着他。

这不是柚木监视了五天的，那个疲倦、缺乏热情的贞子。此刻，她仿佛被注入了新的生命，手舞足蹈，十分活泼，如一团火在燃烧。

柚木现在不能接近石井，他心中犹豫起来。

川北温泉是一个山间温泉，有四五间旅馆。山后的小溪就是流过 S 市的河流的上游。由 S 市直通这里的公共汽车线路沿这条小溪而行。

柚木站在路旁，边眺望小溪边抽烟，他饱览温泉风光后，坐在小溪旁边，打算从口袋里掏出诗集。正在这时，一辆旧吉普车从S市方向奔驶而来。柚木向吉普车招手,车停了,跳下四五个S市警察署的刑事。

"辛苦了!"

柚木迎上前去说道。

"您是警视厅的柚木君吧?我们来迟了。罪犯现在在哪儿?"

其中最年长的,长着一双大眼睛的刑事问道。柚木指指前边的旅馆:

"就是那儿,刚刚进去。"

旅馆的招牌上写着《松浦馆》三个大字。

"我们现在就进去吗?"刑事问道。

"现在他肯定到浴场去了,还带着一个女的呢。"

"嗬,真风流哪。"

其他刑事们听了这话也都一同笑了起来。

"可是,那个女人算不上他的情妇,和罪犯没什么关系。所以,她的事,由我来处理吧。"

刑事们面露不解的神色。柚木这样说完后,又沉默了。

刑事们协商后作了分工:旅馆门前二人,后面河岸二人,柚木和另外两个刑事一起进入旅馆。

旅馆里,那个大眼睛的刑事悄悄地对账房里的一个男人说了些什么。那个男人露出吃惊的神情立刻站了起来。

"在这边,请!"

他低声说了一句,就在前面带路。女佣人们发现气氛不同寻常,都不安地目送着他们。

"现在他们去洗澡了,女的在女浴场。"

账房掌柜说道。

房间里,在装饰着便宜的挂画的客室中,放着石井的那个茶色的提包。柚木把它递给了刑事。

打开壁柜，一套男式藏青色西装挂在那儿。柚木敏捷地把手伸进衣袋，将里面的东西全部用手绢包好，也递给了刑事。并没发现什么凶器。然后，柚木离开房间，在通向浴场方向的走廊里慢慢走着。

一个穿着浴场棉袍的三十岁左右的男人提着毛巾走过来，与柚木擦身而过。柚木将身体紧靠墙壁让他过去。对方以为柚木也是住宿的客人，平静地走了过去。他的头发整齐地分开，脸上直冒热气。

"石井！"

柚木喊道。那个男人猛地回过头来，柚木用力抓住他的手：

"你是石井久一吧？"边说边给他铐上了手铐。

石井呆若木鸡，垂头站立。

"这是逮捕证。"柚木掏出逮捕证。

石井看也不看，小声说了一句：

"知道了。"

他浑身还冒着热气，但脸色变得苍白。柚木牢牢地抓住石井，走回房间。在那里等待的大眼睛刑事站了起来。

柚木送走了石井，一个人留在房间里。他望着墙壁上挂的画，掏出香烟抽起来。

柚木看看手表，四时五十分。

离贞子的丈夫驼着背、皱着眉、慢慢踱回家的时间——六点，还整整有一个小时。

房间的拉门打开了，是贞子。她看到柚木，吃了一惊。以为自己走错了房间。贞子穿着鲜艳的旅馆的浴衣，柚木几乎认不出来了。

"太太！"柚木喊道。

贞子脸上的表情变了，柚木掏出名片。

"石井已被逮捕,太太请立刻乘汽车回家吧。现在马上就走,还来得及在你丈夫下班之前赶回家。"

女人呆呆地站着,目光仿佛凝固住了,什么话也说不出来,只是大声喘息。

她脱下浴衣,换上自己的毛衣,还需要一些时间吧。

柚木默默地背向贞子,拉开拉窗,俯视着溪流,心中想道:

"——这个女人的生命只燃烧了几个小时。从今晚开始,她又要回到那个驼背、吝啬的丈夫和三个继子那里去生活了,而且,从明天开始,她将压抑住自己的热情,一如往常地去摆弄那编织机器了。"

复制的脸形

草野唯雄 著

施元辉 译

1

垃圾是什么？

一言以蔽之日，是物体的尸骸。它们曾经在这个世上也有洋洋得意的时候：被人们珍惜地使用。可是，后来它们老了，腐朽了，失去了使用价值，就被人们抛弃了。随即，就"死"去了。

垃圾中，不管是纸屑、破袜、裤衩、果皮、残羹剩饭，还是枯萎的插花，都使人感到一种死亡的悲哀。

不过，世间一般的人们是不会联想到这些的。

被垃圾收集车运到这里，然后投进这巨大的贮藏槽的垃圾们……人们一看到这堆成山的腐败东西，都要把头扭过去。

可是田代却不然。对于他，垃圾是他的好朋友。他用吸力吊车抓起垃圾，慢慢地将之放进贮藏槽漏斗。每当这时，他总要用眼睛温和地望着它们。

"好了，好了，你们马上就要被烧掉，变成一堆很好的灰烬。"

田代酉夫，四十五岁。他透过吊车驾驶室的玻璃窗望着这些垃圾已经有五年了。

他见过各种各样的垃圾。

他曾经怀着可惜的心情，将那些看起来闪闪发亮、乍一看仿佛是新的东西，犹豫不决地扔进垃圾"火葬场"。可是他作梦也未曾想到，在这些垃圾中，竟能发现人的头盖骨。

头盖骨挂在抓斗的齿上。突起的牙齿、黑洞洞的眼窝，向着田代的方向晃来晃去。

"是作玩具的假头盖骨吧？"

田代一时这样想道。可是左看右看，那东西竟不像玩具，令人有一种不吉利的、可怕的感觉。

田代停止操作，从驾驶室走下来。

2

池上警察署接到多摩川清洁工厂的电话后，即派刚在署内值班的宫胁、板东两位刑事前往处理。

两位刑事登上吊车驾驶室观察后，确认这不是玩具和标本，决定回收此物。

他们将一块窗户板放在漏斗投入口处，然后让吊车抓起那些东西轻轻地放到板上，再取出来。头盖骨装在茶色的牛皮纸袋和塑料袋的两重袋子里，因为袋底部破裂，它"溜"出来了。后头部突出的地方，挂在袋子破洞上。

包装纸好像曾埋在土里，沾着一些比较干燥的泥土。头盖骨的的确确是真货，脑腔内还留有若干软组织呢。刑事们直感，头盖骨还比较新，他们明显地嗅到了犯罪的气息。

被一起取上来的垃圾是纸屑、菜屑、果皮等厨房抛弃物，好像与头盖骨没关系。但为慎重起见，也将这些东西保存了起来，又将头盖骨放进一个大小正合适的空汽油瓶里。

这个垃圾槽，通常贮藏三天的垃圾，因为头盖骨在中间层发现，因而估计可能是在前天被收集来的。

调查了垃圾车的工人们，可是他们都歪着头说毫无印象。

"那种车，收集垃圾时，是用机械手用力地将垃圾压进去。可是，骨头竟未被压碎呀。"

宫胁这样问后，清道夫答道：

"虽说是压进去，因为周围都是软的东西，所以没有碎。"

"那样硬的东西也不容易压碎的啰。"

"嗯，也有道理。"

"请等等……"其中一个人好像想起了什么，"那东西好象扔在离垃圾场不远的地方，被狗还是猫叼着到处乱跑。我本来不想管，又觉得应该捡起来，就捡起了。记得好像就是这个袋。"

"当时，袋子还没有破吧？"

"底部有一点破，所以，我想，这是给狗咬的吧，不过当时里面的东西还没露出来。"

"是在什么地方拾到的呢？"

"调布岭町三丁目垃圾场。"

宫胁拿起本子，记下了这个地点。

3

在大田区田园调布的一角,有一座围着树墙的偏静的住宅。

这家门牌上写着"小池五郎"四个字。可是,很少有人知道这小池五郎是研究头盖骨的权威。此人虽是一个平民,却有一个头衔:警察科学研究所特约研究员。具体地说,是这个研究所的科学搜查部法医研究室特约研究员。他又是一个奇怪的人,今年三十五岁,还是光棍一条,家务事全托付给通勤家政妇。他双亲已亡,没有兄弟姐妹,亲戚,天涯孤独,孑然一身。

现在宫胁刑事来到他家门口。

按了门铃,首先听见狗汪汪地叫,家政妇潼口目子出来开门,把他迎到客厅。

一会儿,个子高高、体格健壮的小池出现了。他剪着平头,眼光敏锐,嘴形绷紧,表情显得阴沉。

宫胁坐到前面的沙发上后,小池把烟丝装进他爱用的英国烟斗中。

"小池先生,我们的所长已经委托您了⋯⋯。"

小池划了一根火柴,给烟斗点上火。

"这就是那个头盖骨。"

宫胁摊开纸,把头盖骨放在上面。小池透过袅袅的烟雾望着这些东西。

潼口送来冰镇红茶。宫胁喝了一口道:

"真是棘手的问题呀。它被扔在普通垃圾场,收集车的清道夫不知是什么东西,把它拾起来。我们初步进行了公开搜查,但凭一个骷髅怎么能判断死者是什么人呢。"

"知道被扔在什么地方吗?"

"大体是调布岭町三丁目一带，当然这也不准确。"

"报纸上说好像是装在什么袋子里？"

"是的，外层是塑料袋，里层是牛皮纸袋。"

"从袋子上能抓到什么线索吗？"

"我们也对袋子进行了认真研究，但搞不出什么名堂。因为两个袋子上都没有文字。"

"那……你们认为是他杀？"

"是的，不能设想有其他可能性。我们无能为力了，除了请求先生采取复制脸形法以外，别无他法……"

"嗯……"小池点点头，"既然如此，我接受，尽力而为。"

"谢谢，在这盛暑中，实在有劳您了。那么，拜托了。"

宫胁说着，恭敬地低头告别。

所谓复制脸形法，并非什么学术用语，这是小池五年前自己独创的新词语。也就是指在人的头盖骨上进行加工，使之恢复生前的容貌。

这种实验并不多，但已有前例。小池已做过一百多个了。

但是，以此作为破案的手段，那还是不久以前的事，而其创始人就是小池。

4

刑事走后，小池将头盖骨拿到地下实验室。实验室虽只有四块半铺席大，但安装有完备的冷暖气自动空调设备，环境十分舒适。

把头盖骨固定在装置上以后，小池就坐在前面的椅子上开始望着它。

在复原脸形之前，首先必须尽可能准确地推定头盖骨所有者的性别、年龄，以及其他一些特征。

观察结果，小池得出如下结论：

（1）头盖骨的脸面比较狭小，正侧面看，头顶结节骨、颊弓骨和下颚角突出的部分都很小，眉间和眉弓骨也并不发达。总之，头盖骨的全局平滑而精巧。从这些特点来看，并根据前顶结节骨、乳突骨的形状观察，可以判定这个头盖骨的主人是女的。

（2）以头骨粘合状态、牙齿的磨损状态（釉质才开始磨损，咬耗还未达到象牙质）等可判定死者是二十二岁左右的女性。

（3）软组织几乎无存，但头腔里还留有一点脑硬膜。此外，脑已极度收缩成块状物。以此观之，头盖骨曾被埋在比较干的土壤中，埋在土里的时间估计为四至五个月。

以以上推定为基础，小池开始用黏土塑形了。

以骨头为原形，塑形的大体轮廓不会有多大差错。辟如四方脸不会塑成圆脸，而长脸也不会塑成短脸。

困难的是眼、鼻、口、耳等没骨头部分的复原。塑眼睛时，要注意眼睛和眼角的关系，塑鼻子时，鼻梁的侧线，是根据鼻骨尖端的凹处的大小来决定的，另外，鼻骨尖的延长线和鼻腔顶往下的垂直线的交叉点为鼻子的高度。

脸颊部位厚薄不一的软组织设定为三十几处。因为小池调查了许多不同年龄的人，已经掌握了各种不同年龄软组织的平均厚度和差别的数据，因而，根据这些数据粘上黏土就可以了。

尽管如此，光靠数字是不够的。还必须随时注意形态学的必然性。小池直感，这个脸显然是瘦的，脸颊显得憔悴……。这种直感，说起来也是和灵感相同的东西。小池就这样陆续往白色的无机质的头盖骨上贴黏土，之后，一个人脸轮廓就被塑出来了。

他稍稍休息，拿起烟斗，又透过袅袅升起的紫色烟雾凝视着这个还未完成的脸。

他感觉到一种喜悦。自然，这不是雕塑家创作时的喜悦，但又与之有相似之处。

再现这个头盖骨曾经有过，而现在已永远失去的"脸"的尝试，具有一种神秘的魅力。此刻，这种魅力正深深吸引着小池。

牙齿稍稍向外突出。从匀称的骨架、端正的鼻子，可以想象这个已故的年轻妇女的脸是相当美丽而富有魅力的。

"你……"小池开始向对方讲了。

"你究竟是落得个什么下场，而现在这样出现在我面前呀？警察说你是被他人杀死的，如果这是事实，你当然死不瞑目了。你不要着急，我要用复脸法查清你的经历，然后，以此大概可以逮住使你落得如此境地的犯人吧……"

5

可是，当脸形复原好时，小池却陷入一种绝望。

就像人与人的指纹似的，人与人之间的各种器官也是千差万别的。稍有性格之差，也能使兄弟姐妹的容貌相异，如同毫无血统关系的人。

明朗、忧郁、残忍、温和、冷酷、认真，所有这些不同的性格，都会造成人的脸、筋肉及皮肤的微妙变化与差别。这并非仅骨相学所能解释的问题。此外，健康与不健康也能引起容貌的大变化。要想仅仅从这个无机质的头盖骨体会或判断其主人生前内在的精神方面的要素，这非人的智慧所能及的。可以说，这是只有神仙才能涉足的领域吧。

小池时时感到这种失望和疑惑。而此次更甚。他甚至觉得自己所干的是毫无根据和狂妄愚蠢的事。

他将黏土摔到地上，走出地下室，锁上门。此后，他或看电视或散步消磨了两三天时间。过去也有过这种情况，在这样的消闲中，他再也恢复不了于此项工作的自信了。

可是，报纸已用相当的篇幅报道了这个案件，说，警察已无能为力调查死者的身份，因而头盖骨交给科学研究所，委托头盖骨研究权威小池五郎在进行复原云云。

小池心想，这个警察科学研究所大概就要来催促自己了。果然，有一天，研究所不是来电话，而是直接派人找他来了。

来者是一个年轻女性，名片上名字是须藤由江。名字右边印着其职务：科学警察部法医研究室助手。

小池请她进会客室后，问道：

"是来催促复制脸的吗？"

"是的。"她笑着说道。

她虽然不算太美，但肤色雪白，眼睛明亮动人。从哪一方面看她都是平脸，但富有魅力，使人感觉好像从上往下看一位躺倒在地的美女一样。

牙齿稍向外突出，嘴唇令人感到好像是要接吻似的翘了起来。

从短袖的天蓝色毛衣下露出两个滑溜溜的白手腕，毛衣里面鼓起的乳房晃来晃去。

小鼻子两旁点缀着几点雀斑，反而更令人感到她增添了媚色。

小池望着从外面走进来，一边用手帕擦着额头的汗水和鼻子，一边说话的须藤由江，突然感到自己竟被她吸引住了，内心感到不安。

会客室静悄悄的。因为有冷气设备，十分凉爽。在这样的午后，在浑身热腾腾的女人面前，他感到有一种发麻的感觉。也许是自然的。

"另外，不仅是催促……"

由江说道。

"为什么？"

"其实，所里命令我在这儿学一段复原脸法的基础知识，希望求得您的同意。"

"噢？那么法医研究室计划开设复原脸形部门了？"

"这也可能，不过现在还没有这种计划。所里只要求我学习一个阶段。"

"正式成立复原脸形研究部门不是容易的事啊。"小池给烟斗点上火，"现在，复原脸形，四分是科学根据，六分是敝人的创造。目前，我正努力将此比例颠倒过来。不过，你既然来了，我也不能因为这项工作没有效果而让你空手回去。实际上，我因为干得不起劲，已经停止了。你来了，我们再开始干吧。"

说着站起来，引须藤到地下室。

6

墙壁的架子上，放着为数不少的骷髅。毕竟是警察科学研究所的助手，须藤由江没有流露一点儿惊讶的表情。

"这全是先生复原的吗？"

"是的。这些都是在平常不应该有的地方发现的身份不明的头盖骨。虽然全部都复原成脸型，但结果仍查不出水落石出的，就搁在这里，天长日久，泥土脱落，又恢复原状了。"

"就是说，也有查出来的？"

"查出来的很少,都被拿去了。"

"那些被拿去得到祭奠后埋葬的人很幸运。"由江把骷髅说成人了。"可是放在这里的要永远不瞑目了。先生被这些人包围着,不觉得可怕吗?"

"不觉得。"小池说。"第一,所谓瞑目不瞑目这话,没有真实感。另外,这样的骨头,不过是清洁的石灰质罢了。也可以说,我是和这些土块在一起的。"

"不是。"由江断然说,"这不是土块,他们在保持这些形状时,还是懂得仇恨、感谢,懂得喜怒哀乐之情的。只不过这些不能表现出来罢了。"

"噢,听你这么说,仿佛你是这些骷髅的亲人。"小池又笑道,"女性多是有灵魂论者。好了,所谓复原脸法如刚才所说,一半以上是没有科学根据的。"

"这就是那个头盖骨吗?"

由江盯着夹在固定器上的头盖骨问道。

"是的,就是这个。"

"是不是夹的太紧了?"

"好像是。"

"你夹住她的太阳穴,她大概会觉得疼吧?"

由江说着,稍放松了卡盘。可能因为精神作用,连小池也觉得头盖骨一下露出轻松的表情。

"你虽然很年轻,但富有同情心呀。"小池有所感触地摇头,"你大概能成为出色的复原脸形的专家呢。"

"哎呀,我还成什么复原脸形的专家呀。"由江伸伸舌头,又说:"先不说这些了,请先生开始给我讲课吧。"

由江说着翻开笔记本,拿出自动铅笔。

"还讲课呢,"小池苦笑道,"那么,今天就从复原脸形的历史开始讲起吧……"

可是没有正式的课本。

小池将自己的笔记本作为讲义，看着笔记本讲起来，由江认真地做着笔记。

一天就这样结束了，由江于傍晚时分离开。

翌日午后由江又来了。

这次，小池讲解有关头盖骨的全部构造，性别年龄判别的基础知识等。可是，讲解之中，小池几次产生一种眩晕之感。

这不是病。而是因为由江的身体散发出一种妙不可言的香味以及从她毛衣开口处露出一抹乳白色酥胸所产生的诱惑。

但是对方不是酒吧间或舞厅的女招待，而是警察科学研究所的女职员，决不能轻易动手呀。

小池紧咬牙齿，克服心猿意马。

7

"先生，复原法中有无叠印法呢？"

课将结束时，由江突然问道。

"有啊。"

"能否给我解释一下这个原理？"

"这谈不上是什么原理。"

小池开始说明了。

所谓叠印法，即将某一个与头盖骨的主人的性别、年龄大体一致的失踪者照片放大，然后与这个头盖骨放大的照片相重叠。

这样，虽然是极少数，但还是有两张照片非常吻合的。因而曾经用这种叠印法查清头盖骨死者身份的。

"您能否给我作一个实验?"

由江要求道。

"实验?"小池惊问。

"请您就用站在您面前的我的脸和这个头盖骨作实验吧。"

"你不觉得可怕吗?"

"哪里,我毫无这种偏见,就像先生所说的,这骨头是清洁的,而我认为甚至是神圣的。"

"我明白了,就按你说的办吧;可是,用现在活着的人的照片和死人的头盖骨的照片相叠印,肯定是不能叠印在一起的。可是细想一下,你是年轻的女性,这一点与头盖骨能主人相一致。作为实验品,这倒是一个好条件。"

于是小池照了由江的脸与头盖骨的正面照片。

"什么时候放大叠印呢?"

由江靠近带着央求的口气问道。小池将颤抖的手放在她肩上。

"马上……"小池心神不定地答道。

"你怎么撒这么烦人的花露水呀,难道那些煞风景的警察科学研究所的家伙们不向你提出抗议吗?"

"我说真话吧,"由江娇嗔地望着小池,翘起嘴笑道,"我只是到这里来时才撒花露水的……"

"真的吗?"

小池觉得得到了她的欢喜,感到兴奋。

"我还有更秘密的事,如果今天先生送我走,我将决心告诉您……"

"我很乐意送你,只要你觉得合适,什么时候都行。"

"那太高兴了。"

小池情不自禁地抱住了由江,她一下子甩脱小池的手。

"那走吧。"

他们走出多摩川公园，到多摩川河岸时，天已大黑，凉风习习。

走到河边的草原上，两人并排坐到如褥子似的草地上。

孩子们都已回家了，只隐隐约约地看到对对情侣的影子。河面吹来的凉风带一股腐臭的气味。这在东京，除了忍耐别无他法。过去那种如天鹅绒般清朗的夜空、闪亮的星星、充满花草树叶芬芳的清新空气，青蛙的叫声，所有这一切自然景物，在东京都被破坏无遗。

"我现在就想听你的秘密了。"

"我业余在夜晚上当酒吧间的女招待。"

"啊！"小池张大口，"那么警察科学研究所呢？"

"那里的工作白天干。我是一个有双重性格的女人。怎么样？听了这些，您嫌厌我吗？"

"为什么？为什么？你为什么当酒吧间的女招待呢？一个小姐为什么要去干夜活，难道是出于经济上的原因吗？"

"这您自己去想像。您要不嫌弃我，那么请您去看看我是怎么当女招待的。"

"我很高兴去。在什么地方？"

"地点印在这里。"

由江递给小池一个火柴盒。

"但是，在我学习期间，我们这样每天都能见面，在我学习结束以后，请您一定来。好，我们就这样约好了。"

"请您一定一个人来！"这是女招待做生意的常用语。原来是一个水性杨花的女招待呀！小池稍稍感到失望地想着，把火柴盒放进口兜里。

"瞧，这两个人，这两个人。"

"顺便干一回给我们瞧瞧。"

两个醉酒酗酗、面目可憎的人走近他们。

小池站起来，拉着由江的手，往土山上走去。两个男人继续说着下流话走过来，不过又走开了。

8

第三天，即将开始给那个头盖骨复原脸形。

小池把如何复原解释一遍后，又将自己如何失去信心的理由讲了一遍。

由江用铅笔头敲着自己的牙齿想着，突然抬起头道：

"先生，开始叠印吧？"

"照片还没有洗出来呢。"

由江想了一会儿道：

"……这是个刚好和我差不多的女人吧。"

"是的。"

"那么，以我为模特塑脸形怎么样？"

"但是……，我们明知道这是两个人不同的脸。"

"我的脸形和这个头盖骨主人的差不多吧？请您摸一下我的颊骨，然后再看看我牙齿的排列形状吧。"

说着，由江拿起小池的手往自己的脸上摸。小池没办法，只好按按由江的脸颊、额头、颚等处。他感到奇怪了，由江的这些部位都和头盖骨相似。

当然，这是偶然的巧合。但是令小池惊奇的是甚至由江的牙齿也和头盖骨的一样，稍稍往外突出。

"是呀，这样看来，你们一定很相似的。"

"是吗？一般说来，相似的不仅是头盖骨，脸上的肉也差不多吧,怎么样?以我的脸为基准来塑这个头盖骨吧。"

"对,您的意见也有道理。既然头骨如此相似,那么脸形大概也是很相似的。"

9

第二天,由江没有来。

翌日,又没来。小池默默地等到第三天,心想,她一定感到难为情了。可是,若自己给警察科学研究所去电话,似乎又觉得不合适,怕她见怪。

第四天,他终于忍不住了,于是给警察科学研究所去了电话。他想,如果她因研修结束而不打算再来的话,那么自己去所告知的酒吧间找。

但是,他还是想尽可能把去酒吧间作为最后的手段。

接电话的是法医研究室主任川又勇三。他是小池很熟悉的人。

"喂,是骨先生吗?"川又用惯常的语调道,"怎么样?池上署托你复原的脸完成了吗?他们已经催我了……"

"嗯,已经开始搞了,可是,你们那里的须藤由江小姐,是不是不来这里了?她怎么学了一半就停止了?"

"须藤由江?什么人?是女的?"

"喂喂,别开玩笑了,不是你们的助手,派到我这儿学复原脸形的吗?那位小姐,她才学了三天就不来了。"

"你说的什么梦话,"川又笑道,"我们这里哪有女助手?你不是也知道吗?"

"奇怪……,可是,她拿着正式的名片到我这儿学了三天呢。"

"奇怪二字应由我来说。究竟什么女人？喂喂，小池君，怎么把电话挂断了？"

小池不知什么时候放下了话筒。

"他是经常和川又开玩笑的，可是这次，他从川又的语调中听出那绝不是开玩笑。那么，究竟是什么女人？她究竟为什么伪造名片，三天出入这里呢？"

小池怎么也想不出所以然来。

他把手伸进外出用西服的衣兜，取出那个火柴盒。

火柴盒商标上写着《蒲田135号弗洛依德酒吧间》几个字，并画着鸡尾酒杯，杯内盛满红色曼哈顿酒。

小池乘池上线，在终点蒲田车站下了车，经几次问派出所和商店，终于找到135号。

这是车站旁的一条小街，小街两旁是一间挨一间简陋的饮食店和酒吧间。

虽然狭小的门上写着的弗洛伊德这四个字相当动听，可是德字已经脱落了，这是一间小酒吧间。

离开店营业时间还早呢，小池这样想着，但推开了门。果然，椅子都放倒在橱台上，一个留着长鬓角的男招待员正扫着地。

"顾客先生，现在正收拾，还没开始营业，您过会儿再来。"

"是吗？请问您一件事。"

"什么事？"

男招待员停下手，抬起头。作为服务业的招待员，他的态度有些生硬。

"这个店有个叫须藤由江的人吗？是招待员。"

"须藤由江？"他歪着头，"是化名还是曾用名？"

"在酒吧间用什么名我不知道。"

"可是，本名叫须藤由江的人，这里没有。"

"没有？"小池取出火柴盒给对方看。

"是这个店吗？"

"这倒没错。"

"以前你们这个店有过这个人吗？"

"我是最近刚到这里昀，全然不知以前的事。"

"老板娘在吗？"

"她过一会儿就来。"

"知道了，我先走了，一会再来。"

他走出弗洛伊德，到附近一家吃茶店消磨一段时间后，又返回来。

虽然是一个小酒吧，设备简陋，但在微暗的灯光下显出了酒吧间的气氛。

一个近五十岁的胖女人，歪着头向小池施礼。是老板娘。

"是您想问由江的事吗？"

"是的，她在吗？"

"您和她什么关系？"

老板娘焦急地问。

"什么关系，因为工作而认识的，她请我有时间到这里玩……"

"是吗？"老板娘怀疑的眼光望着小池。

"可是由江去向不明，已不在这里了。"

"为什么？"小池很惊奇，"从什么时候起？"

"什么时候，相当久了。那是四月份，已经四个多月了……，好，坐下来谈谈。"

老板娘请小池坐在角落的桌旁。

"您想喝什么？啤酒怎么样？"

小池默默地点点头。啤酒和凉菜端上来以后，老板娘很快地把啤酒倒进两个杯子，"来"，说着，自己一口气喝干了酒。

于是她开始讲述了：

四月二十日，一个下着毛毛细雨雾霭朦胧的夜晚，一个曾到过这里一次的中年男人来了。他请由江陪他喝酒。这是一个酒瘾十足的人，他喝了两瓶啤酒，三杯威士忌后，将要走时，说忘带钱包了。

老板娘当时想让他留下什么作为抵押。可是他没戴手表。身上穿的毛衣、裤子、外带一顶贝雷帽，连上衣也没穿。问他工作单位，说是蒲田。

那么，跟他去公司吧，可他说公司晚十点就关门了，他还说，钱放在家，可以跟他回家去取。

据他说，家在池上线。

没办法，老板娘只好叫由江跟他去取钱。

从此由江再也没有回来。而那个男人也不再露面了。

由江的日常用品放在酒吧间二层，因为是流动的女招待员，她几乎身无一文，而那日常用品也是不值钱的。

而且，因为她寄宿在酒吧间，还欠了十几万日圆的住宿费、伙食费。

老板娘断定那个人是介绍女服务员的掮客还是什么，他以没带钱为借口，骗走了由江。之后，他们大概达成了协议，这样一来，那个人介绍她到别的地方工作，这里的欠账她也不还了。

因此，老板娘向警察报告了，而警方却不以为然，以为多半是老板娘说由江的坏话，并不认真给老板娘调查。于是，这件事被扔在那儿置之不理了。

小池滴酒未沾，问了多少酒费以后付了歀．老板娘老追问小池。

"您大概在什么地方见过由江？请您告诉我她的住址，我要追回欠的钱。"

小池没理她，走出店门。

10

在回家的电车上，小池叉着手腕，默默地闭着眼睛思考问题。

当警察科学研究所的川又主任认真地告诉他。我们这里没有这样的女人时，他就漠然地产生了一种想法，现在，通过对这个酒吧间的调查，更坚定了这种想法。

一回到田园调布的住宅，把数日前照的由江的照片和头盖骨的照片冲洗出来，放大到一样大小后进行叠印。他迫不及待地将两片叠印，——可以说完全重合。

真令人不可相信呀。这个头盖骨就是须藤由江的。

小池锁上地下室。之后两天，他呆呆地饭也不吃、门也不出地睡在床上。

第二天，他躺在床上时，门口旁边的电话铃不停地响，终于把小池叫了起来。

是警察科学研究所所长来电话督促他尽快完成复原脸形。小池回答说，今天就好．然后放下了话筒。

这个电话使宛如处于虚脱状态的小池清醒了过来。他想起了由江不断地要求以她的脸形作为模特进行塑形。他觉得自己已经弄清了由江为什么出现在这里的原因。

小池来到地下室，根据自己的记忆和照片给头盖骨塑了脸。他往骨头上贴了石膏，塑完后，又施了颜色，于是，一个比服装店橱窗内的假人更加栩栩如生的动人的妇女形象制作出来了。

当小池将复原脸交给接到电话来取头像的宫胁刑事时，什么话也没说，只提醒刑事注意一下，这个女性的脸可以感觉到女招待的特点。请查清大田区内的酒吧间的女招待员中，在四、五个月前去向不明的年轻女人。

一个星期后。

"果然如先生所料，令人惊讶不已呀！"

宫胁擦着满头的大汗，走了进来，向小池报告了事情的经过：

听了小池的建议之后，宫胁半信半疑地根据小池提供的线索进行了调查。果然，在蒲田署发现一份一个叫弗洛依德酒巴间的报案材料。

蒲田署原来认为女招待改变服务店家是常有的事，就把这个材料扔在一旁不加理睬了。

宫胁到这家酒吧间，把复原的脸形拿到老板娘面前。老板娘惊讶得差一点晕过去，说这就是由江。

于是警方责令池上署和蒲田署火速联合搜查，终于使一个人落网了。其人是个修路工人，在池上线的御岳山车站、雪谷车站、久原车站和蒲田车站的沿途铁路上服务。他的外表装束和老板娘的证言一模一样。

经过追查讯问，他坦白了，那天晚上，他和由江喝了酒，由江喝得半醉，而他没带钱，由江怒骂他。在御岳山车站下车后，到一个暗处时，他一下扼住了由江的脖子。

他把筋疲力尽的女人拖到神社后面的一个沟里，强奸了。接着又一脚将她踢到那沟里的一个洞子里。后来，他又感到若就这样扔在这里，尸体被人发现后寻踪追迹，自己会暴露出来，于是拿出随身带的大折刀，毅然把由江的头割了下来。

后来，他颇小心地擦干了身上的血迹，在沟里拾到一个牛皮纸袋和一个塑料袋，把头装进两层袋子里，之后，又剥尽由江身上的所有衣服，使她变成一丝不挂的无头之尸。

接着他用周围的土把这死体埋了起来，又把由江的衣服和头拿到另一个地方埋起来。可是埋头的地方凑巧离垃圾箱不远，当被狗挖出来以后，清道夫就把这个纸袋收集起来了。

根据凶手的坦白，果然在神社后面的沟里挖出了无头尸体。

宫胁话毕，问道：

"复原脸形之成功，对您来说不足为奇。我想请教的，是您的出色推理出自何处？是谁给您暗示的？"

"真让人难为情，我那不是推理，是梦呀。"

小池答道。

"咦？梦?!"

"是呀，我连续三个晚上梦见那个脸了。"

"真的吗？"

宫胁仿佛打了一个寒战，站了起来，望着四周架上的头盖骨。

"那么，是被害者托梦，出现在您面前了？"

"是的，我是想这么说的。不过，托梦来的那张脸，不给人以怨恨的感觉，而是想诉说什么。"

"是吗？世界上还是有用科学不能解释的事啊。可是，她以后不会再出现在您的梦中，凶手已经被逮住，她也就瞑目了。"

"是啊，她再也不会在梦中出现了，因为她现在可以成佛了。"

不知为什么，小池的话中充满了对这个梦的留恋之情，可是宫胁当然不会注意到这种微妙的音调。

11

有关幽灵的传说不乏其有。

可是,自己在地下室搂抱的艳丽的散发着脂粉香的女人的肉体难道是梦幻和超自然的现象吗?

小池自己最知道,她是和须藤由江有关系的什么人,采用这种间接的手段来暗示头盖骨所有者的身份。这种强烈的疑问一直盘旋在他的脑际。

现在他唯一知道的是死者须藤由江是个与她十分相像的女性。除此,他一无所知。

她可能和须藤由江是孪生姐妹,或是须藤由江的姐姐或妹妹吧?他问了宫胁刑事,答复却是,由江和小池一样,是一个举目无亲的独身者。

但是,这个疑问突然一下子得到了解答。

报刊广为报道了这个案件。因为迄今还并不为人所知的复原脸形法十分惹人注目。据调查,凶手曾多次以同样手段杀害年轻的女人后埋入地下。"女性周刊"还登载了凶手佐藤章的妻子秋代的照片。

这是张半身照,她戴着墨镜,低着头。但小池一眼就认出是她了。

小池马上去找她。她家住在调布岭町后面一个涂着石灰浆的简易楼房二层上。

门关得紧紧的,一按电铃,里面稍有动静。他按了四、五遍后,里面传出一个女人低小的声音:

"谁呀?"

"是我,小池。"

"……"

里面没有回答。大概在犹豫：理睬不理睬门外的人呀。可是小池满不在乎地一而再再而三地按门铃，并开口道：

"你不必担，我已经明白了，但没有和任何人说过。如果你认为我不该告诉任何人，我将永远不传出去。只是我想问问你：你为什么不直接到警方报案，而到我那儿去？说实在的，我是为这个目的而来找你的。"

"……"

又是一阵长长的沉默，后来她终于开口了：

"我和您见面再谈吧，可是不能在这间房子里。您出去，到街上等我，我马上就去。"

"知道了，我去街上等你。"

小池下了楼梯，走到街上。烈日炎炎，街道上静悄悄的，没有人影。

从不远的地方传来的蝉鸣催人欲睡。

小池在御岳山车站旁安有冷气设备的吃茶店听了她的讲述。

她，佐藤秋代，二十三岁。凶手佐藤章之妻，还没有儿女。她取下墨镜，那令人喜爱的高高的鼻梁两侧露出几点淡淡的雀斑。

"您想问我为什么不直接到督察那里去报告而到您那里去，是吗？"

一坐到位子上就说出这些话的秋代的态度令小池再也感觉不到这就是那个美丽的由江了，而是一个欲把自己关进一个小天地，从此再也不和任何人接触的姿态。

"当得知自己的丈夫是一个杀人犯时，作为一个妻子，她的心情，你们男人大概不知道吧？"秋代冷漠的目光望着小池，

"而且，如果他是这样的人，对他置之不理他就将重蹈复

辙，重犯同样的罪行。而这就是我长年和他生活在一起的丈夫……"

她说不下去了，停了一会儿，又鼓起勇气道：

"应该迅速将这个还继续作恶的罪犯与世隔离。但是，为人妻子，我希望不是通过我报案而是别人的揭发逮捕他。这就是我的想法，也是作为妻子一个力所能及的慰藉。"

"……"

"就在这时，报纸报道了一件事，警方由于不知头盖骨所有者的身份而委托小池先生复原脸形。于是我采取了那个小计谋，让您塑了一个完全和我一样的脸形，这就是我没直接向警方报案的原委。"

小池本能地感觉眼前这个女人不是由江，是一个叫佐藤秋代的不相识的女人。可是为什么不说由江的事呢？

"你怎么知道你丈夫是凶手呢？"

"您不是已经从周刊志或别的地方……"

"不，我想听你亲口讲。"

"知道了，不过怪难为情的。"

于是秋代开始低声讲述了：

那是樱花正要开花的时节。

一天夜里，章对妻秋代说：

"喂，你竟瞒着我，你是不是有一个姐妹，或者是孪生姐妹？"

"你说什么？我不是对你说过，我只有舅舅舅妈住在大阪吗？"

"可是，今天我在蒲团遇到一个和你长得一模一样的女人。简直认不出来是另一个人。"

"蒲田的什么地方？"

"车站里的酒馆横街一个叫弗洛伊德的酒吧间。那个女工叫由江。"

章从来不叫女服务员为女招待，而是用战前的叫法：女工。

"简直认不出是他人，可是的确是他人，那也没办法呀。"

"是啊，还是长相很相像的他人哪。"

章说着摇摇头，

"可是我一想，可能是你出去做工，还是因为什么事一个人充当两个人的角色时，因为高兴而心情激动得不得了。"

从表情看出，那种心情激动显然是一种无限的乐趣。

"这不是开玩笑嘛，无论和我多么相像，也不能因为喜欢而动手嘛。"

"这不是开玩笑的话吗？我有你一个人就够了，我要想搞女人，就要别的类型的女人啊。"

他说着大笑起来。

如果说这个头盖骨之主人是在樱花开放时节被害的话，那么这时间是吻合的。看了这个报道之后，秋代感到一种极大的莫名的不安。之所以如此，因为在她丈夫谈论那个女招待后，仅仅又过去十天的下着雨的夜晚，佐藤章酒醉而归的举止十分可疑。他眼睛向上吊，放出一种奇妙的光，秋代问他什么，他答得牛头不对马嘴。他走到厨房，不断地用肥皂洗手，并脱下裤子和毛衣，睁大眼睛检查有没有什么东西沾上了。

于是，秋代暗地去蒲田的那个酒吧间。临走前，她精心地把眉毛涂得浓浓的，戴上墨镜。不给别人以和由江相像之感。她满口自己是由江的朋友，心想，倘若由江本人安然无事出来见她，自己就推说找错了人。

可是，秋代的不安被证实了。老板娘告诉她，由江在那二十日夜里和一个男人出去后，就再也没有回来。老板娘描述的那个男人的装束外表完全和佐藤章一模一样，而恰恰是那天，他酒醉而归，举止异常。

"我完全明白了。就是你识破了丈夫是一个可怕的在性方面犯罪的惯犯。"小池听毕讲述以后，点点头，又道："你的讲述，使我的疑问都解开了，那么，你今后有何打算？"

"一切不都是完了吗？"

"这不是开玩笑的话吗？你不能在这灾难面前认输，我所认识的'须藤由江'可不是个软弱的人哪。"

"怎么办呢？"秋代侧着头，"我正在考虑中，还没决定。"

"是吗？你考虑好了，我们还能见面吗？"

"……。"

"你现在能保证还肯和我见面吗？"小池又加了一句。

"好的。"

"那么，决定了以后就告诉我，我等着你。"

不知是否考虑好了，一连几天，秋代杳无音信。

第三天，小池又来到那座楼房，可是，写着佐藤的门牌已经没有了。他问管理员，管理员答道：

"她已经搬家了，多半是因为那罪犯的名字传出去了，她没告诉我她搬到什么地方。"

小池下了楼，走到盛夏的道路上，心想，秋代再也不会出现在自己面前了。

"就把这段经历当作幽灵的传说吧。"

蝉声凄切，送着大步往前走去的小池的背影。

海的请帖

笹泽佐保 著

1

打开信封，看定那张便笺后，小早川贞彦以为这肯定是饭店采用的一种新的宣传手段。但紧接着他否定了自己的猜测。这家新开张不久的海滨大观光饭店，对于既不是富翁又不是名流的小早川贞彦，何必采用这种麻烦的招徕方式呢？

小早川贞彦三十三岁，是一家主要作为艺术杂志的周刊社的助理编辑。他的月薪不太高，生活虽不窘迫，但也决非能够完全满足有妻子及三个孩子的一家需要的。

这家饭店如果需要周刊杂志为它招揽生意，那它应该活动总编辑或更高一级的编辑局长，何必给小早川——三个助理编辑中之一寄这样的信呢？再说，这家饭店从取名为东都饭店来看，肯定它拥有一流企业的大资本作为其后盾的，那就无须费这劲，满可堂堂正正地给周刊杂志交钱，请它登广告好了。这封信的字不是印刷体，是用钢笔书写的。从其相当流畅的文字和内容来看，好像出自女人之手。信大致是按请帖的格式写的：

衷心邀请您在八月一日星期六下午五时以前莅临新开张的伊豆东海岸河津滨的东都河津观光饭店贵宾室。在那里您能度过一个快乐的晚上。期待您的到来。希望您在饭店入口处出示本信。仓促突然之际给您写这封信，失礼了。顺寄车费。

海

以上是信的内容，此外还夹着两张一万圆的日币。这两万圆一定是作为到伊豆东海岸的出租汽车费的。寄信人的姓名没有写，署名是"海"。因而只知道东道主是海。

怎么办呢？小早川贞彦颇为犹豫不决了。如果说，这不是饭店方面的新颖宣传手段，那么又是谁、为了什么目的寄来这样的请帖呢？这封信令人不快，却又使人兴趣盎然。显然对方是知道小早川贞彦的姓名和住址的，或许是哪一个朋友搞恶作剧拿小早川开心吧？

小早川贞彦终于下决心接受邀请了。其理由有三：其一是已经接受两万圆现金，他不想把这两万圆还给人家的，可是不接受这邀请，那就没有理由接受这两万圆的。这样一想，如果不按照信上所说的使用这两万圆，似乎又舍不得。其二是他有一个作为一个男人的不可言喻的期待。东道主好像是个女的。信中说：愿您在夏天海滨的新饭店贵宾室"度过一个快乐的夜晚"，看来现实中不会有这等事，可他心里好像期待着这样梦一般的一夜。其三是新闻工作者的好奇心。特别是他，小早川，长期编辑周刊杂志这样专门报道特别新闻的杂志，从而产生了一种对自己身边发生的事有着异常好奇心的习性。现在这种习性使他觉得，这里面是不是有异乎寻常的事了，因为他对秘密的嗅觉是很敏感的。

大约在一个月前,由于这种习性,他介入与自己刊物的取材活动没有关系的事件中,被总编辑斥责了半天。当时流传一位歌手因搞同性爱而失踪的丑闻。据说这位歌手躲在和歌山县的白滨温泉。小早川为了取材,带着摄影记者,到了这个温泉。

他住的地方是放眼可以眺望大海的名叫"忘归庄"的饭店。可是他没有得到这位歌手的消息。晚上就在饭店的宿舍里和摄影记者喝着威士忌酒消闲。这时已过凌晨两点,忽然窗外传来了嘈杂的声音。

他住的是二楼,从窗户向外很清楚地看到地面。下面是水泥地面人行道,夜灯把周围照得如同白昼。一个穿着西装的女青年象紧贴地面一样倒在那里。像是巡逻人员和饭店的服务员似的几个男人,不知所措地围在那里。

小早川马上跑出房间。这时饭店的大门已经关上,他从便门出去。他向看到尸体的巡逻人员和饭店服务员依次了解这个事件的经过,得知死者是住在"忘归庄"饭店五层515号房间,名叫久留米铃子的二十五岁女客人。

从放在515号房间死者的小提包里,发现了她分别写给她双亲、现在在国外旅行的姐姐和工作单位上司的三封遗书。信很简单,内容都是对所造成的麻烦深表歉意,对生前所给予的种种照顾表示感谢。从信中可以看出,自杀好像是由于和一个有妇之夫谈恋爱而破裂的缘故。

从遗书的笔迹看,信毫无疑问是她本人写的。而515号房间的窗户是敞开着的,她从这高高的五层楼窗户往下跳,撞到水泥路面人行道上,一下子就死了。

久留米铃子是石川县金泽人,她和在旅行社工作的姐姐住在东京杉并的宿舍楼内一间宿舍里。旅行社的工作人员陪同观光团体到旅行目的地叫"添乘"。半个月前,久留米铃子的姐姐因添乘到欧洲去了，事件发生在其姐姐不在家的时候。

据饭店的交换台记录，久留米铃子在自杀之前，给金泽老家的父母，打了一个钟头的长电话。这事使小早川感到奇怪了。

久留米铃子既然给父母已经写下了遗书，可是却又在自杀之前，给母亲还是父亲，打了一个钟头的长电话，这种行动从自杀者的心理状态分析，使人觉得很有矛盾。

死者亲笔遗书共三封。死者的右手握着一块手帕。从手帕上有'SK'两个大写字母判定，手帕是本人的。由此肯定了这是自杀。然而小早川感觉这好像又不是单纯的自杀。

于是他将歌手的事托给摄影记者，开始探索这个年轻妇女自杀的秘密。小早川采访了接到电报从金泽坐加快火车赶到饭店的死者的双亲。回到东京以后，又到久留米铃子的工作地点会见了有关的人。

当然他取得了一点收获，但无法证实这是异常的自杀和判定其内幕有什么重大的秘密。就这样，小早川没有意义地忙了三天，结果遭到了总编辑的怒斥。

"一个年轻妇女自杀这样的事，托给女性周刊社办就可以了。我们是艺术刊物，只要不是与演员有关的事件，对我们就毫无价值，知道吗？"

总编辑重复地说了以上的话。现在看来，这张令人捉摸不定的请帖和演员无关，照总编辑的话，这对自己杂志似乎没有什么可感兴趣的价值。

但是，好奇的嗜性，并不是一朝一夕所能洗净的呀。小早川贞彦终于决定接受东道主不明的邀请。八月一日，即此后一星期的一天，中午他就托病请了假，离开了公司。他没有回大森的自己家，就径直坐上出租汽车。因为答应给来回的车费，司机一下子答应按他提出的路线走。先走东名高速公路，由厚木的出入口插到小田原的旁路。因为是周末下午，凡有信号灯之处，交通一定拥挤，他们又从小田原经过要交纳通行费的箱根公路进入了伊豆的地平线，接着从远笠山道路下到伊辅南部。这时出来兜圈的家庭用车一辆接着一辆，以致使沿着海滨征收路费的道路，拥挤得汽车只能慢吞吞地爬行。这是一个晴朗的夏日炎炎的午后，可是因为车上安着冷气设备，使小早川贞彦不觉得闷热而兴致勃勃地欣赏沿途的风光。藏青色的海水清澈干净，甚至使人难以相信各地还有什么公害问题。

过了北川、热川、片濑、稻取的温泉地，终于到了河津。河津是天域温泉乡的入口处，是一个以沿着山麓、覆盖着青色、红色屋顶的建筑物而著称的一座市镇。满铺绿色的丘陵，象波浪似地缓缓地伸向海滨。新建的淡黄色高楼东都河津观光饭店，出现在这个丘陵的中间地带。

此刻在这个饭店里等待着自己的是谁呢？究竟这个人为何目的邀请自己到这里来呢？小早川不由得紧张起来。

2

到了饭店的入口处，小早川出示那封信以后，一个值班的饭店人员走过来殷切地向他问候，叫来了服务员。这种过于殷勤的态度之所以使小早川感到吃惊，是因为他想象的东道主并非什么大人物，并且也想象不出有什么大人物会邀请自己的缘故。这时，宽敞的走廊坐着许多观光的对对情侣和各个亲人家属。成群的孩子围在热带鱼缸的前面。这种景象给小早川一种安全感，使他觉得这里不会有什么危险在等待着他，自己不可能是中了什么圈套吧。他在服务员向导下乘电梯时，这样那样想着。

电梯在五楼停下来了,他们出来走到铺满天蓝色绒毯的走廊,然后拐几道弯到了走廊的尽头,这里两旁张开着厚重的大门,门框顶上写着"迎宾室"三个字。服务员敲了一下门,示意可以进去地向小早川鞠了一躬,就匆促离开了。

经过一阵踌躇后,小早川把手伸向门的把手。已经比约会的五时过了半个钟头了。东道主肯定在这个房间等候着自己了吧。小早川想着推开了门,进入室内,他又把门关上。接着当他慢慢地转过身来时,茫然不知所措了,因为投向他视线的并不是他想象的一个人,而是四个人。而且这几个人对自己毫无表示地沉默着。

这间好像作为客厅的房间,面积大约十五坪。房间里的装饰品,如线绒毛毯、挂在墙壁上镜框里的名画,十分豪华。右手的门里面是卧室,左侧可以看出来里面的和室①和化妆室的一部分。正中的大玻璃窗外是阳台,湛蓝的海面在前方无边无际地铺开。

对面的海岛使人觉得游泳就可过去那样,清楚地呈现在眼前。而丰源山一带的天上,飘着几朵浮云。

在客厅正中央的大吊花灯下摆着一张大圆桌,周围放着五把皮椅子,其中四把已经由这四个人坐着。一把空着,看来是留给小早川的。他对谁也不打招呼,就径直坐到那个位子上。对此,周围四个人都装作不注意的样子,他们十分冷淡,但又显得不自在,难道他们也互不相识吗?这种情景使小早川怀疑自己是不是找错了房间。

终于三个服务员用酒车推来三种酒:威士忌、啤酒和西班牙白葡萄。服务员问明各人需要的酒,摆到桌子上以后,就一

---

① 和室—日本式的房间。

言不发地走了。于是屋内又沉默下来，各自独酌。大家都面露为难神色。

小早川对面坐着的一位五十五、六岁的男人，他体格健壮，红光满面，好像是公司的董事阶层，他给人以一种绅士的优雅感觉。他的右邻是一个二十出头、学生模样的青年。他眼光敏锐，但不知在想什么，神情虚无迷惘。

学生的旁边坐着的大约年过四十五岁的女人。她有一派使人感到是贵夫人的气质，穿戴和随身用品也十分讲究。可是她那消瘦的身体和表现出来的神经质，给人的印象是：这是一个不好对付的女人。

小早川左边坐着的是一位二十七、八岁、相当漂亮的年轻妇女。她浓妆艳抹，富有肉感和魅力。现在她焦躁地轻轻摇动着弯着的双腿。她那十分优美的脚形和从卷起的短裙中露出雪白的，丰盈的大腿，使小早川感到目眩。

过了六点，依然如故。小早川也开始焦躁起来了。他觉得东道主竟有四个人，是奇怪的，但又觉得他的判断并非可笑。或许他们和小早川一样是被邀请，在指定的时间先来到这里的客人，也就是被邀请的不仅是小早川一个人，而是五个人。为了慎重起见，他决定问他们了。

"失礼了，请问……"

小早川问左边的二十七、八岁的年轻妇女道：

"您也是接到奇妙的请帖，到这里来的吗？"

"是啊！"

这位年轻妇女好像早已等待谁开口似地，以脱救般的神情点头道。

"那么招待我们的主人是谁？您有印象吗？"

小早川拿起了盛满掺水的威士忌的杯子问。

"不，一点儿也……，本来我看了信后，感到不快，觉得是谁在搞恶作剧而不想来。可是信中说，要告诉我有关我个人的重大秘密，并且还夹着作为路费的四万圆，我不能无动于衷了……"

年轻妇女以茫然的神色说。

"您是从哪里来的？"

"名古屋。"

"怪不得……"

路费是小早川的两倍，这是因为东道主考虑到了她从名古屋那么远的地方来。

"我也是这样的。"

右邻的中年妇女意外似地，带着生硬的表情说。

"接到那样莫明其妙的信后，我也想置之不理。可是信中说的有'告诉您关于您丈夫的秘密的话和夹着的两万圆现金，使我放心不下，就提心吊胆地来了。"

中年妇女从手提包里取出一封信，放在桌子上。

"那么，您是从东京来的了？"

从两万圆的车费推测，小早川这样问道。

"嗯，是的。"

中年妇女冷冷地回答。

"我是横滨来的。"

那位象董事的绅士难为情地笑道。

"当然，我的请帖也和大家的一样，但内容是：请您在海滨饭店度过愉快的一天。我什么也不想就来了，因为我刘海的兴趣比什么都强烈……"

五十六、七岁的绅士也将请帖放在桌上。

"你又怎么样呢？"

小早川无所谓似地将视线转向那位学生毫无表情的脸上。

"我也一样。"

青年自嘲地苦笑道。

"从什么地方来的?"

"长野县的松本。"

"请帖上写着什么呢?"

"'罗曼蒂克的一夜在等待着你。'这一低劣的语句,把我引诱来了。因为我自己也是对不花分文旅费就能旅行而大感兴趣的低劣的人呀!"

说着,青年将杯子里的啤酒一饮而尽。现在五位客人知道了所有的人都是接到署名为海的请帖而来到这里的。车费的差别,只是根据从各人不同的住地到伊豆河津的距离不等而决定的。

请帖内容,因不同对象多少有所差别。为了使这五个男女来到这里,看来东道主是颇费一番心机的。对小早川说"度过一个快乐的夜晚",而对那个学生说"罗曼蒂克的一夜在等待你",这是多么刺激男人好奇心的语言呢!

同样是男人,对五十岁的绅士,却用"请您在海滨饭店度过愉快的一天"这样健康的词句。而对谨小慎微的女人,就不这样写了。什么有关您本人的重大秘密呀,关于您丈夫的事呀等等。毫无疑义这些话打中了女人的弱点。另外,不管三七二十一,信中还夹着作为路费富裕得多的现金。这肯定是主人看透了一般人接到无须送还的钱时,会产生惴惴不安的心理状态而采取的一种策略。

五个人互通了姓名。从名古屋来的那个二十七八岁的女人叫驹井忍,说是一家公司经理的秘书。从横滨来的五十五六的绅士,确是一家贸易公司的董事,名叫越川宗十郎。长野县松本市来的青年名叫香山士郎，是信州大学的学生。而那个从东京来的贵夫人似的女人，是一所大型综合医院的院长夫人，名叫木岛节子。

大家素昧平生，连姓名也未曾听说过。东道主为什么把这毫无关联的五个人，邀请到这里呢？而东道主是谁？五个人中谁都想象不出来。把这素不相识，毫无联系的男女五人，邀集在这里，作这样的招待，本身有什么意义呢？

岂但如此，关键的东道主却一直没有露面。

3

对面海岛的影子淡薄了，水平线开始变得朦胧不清。在夕阳余晖下，海无可奈何地平静下来。这种暮色使人感伤地想到夏季将要结束了。现在海滨的温泉街沉浸在夜色来临前的寂静中。从远处传来河津火车站通知电车来往的广播声。奔驰在沿海的东伊豆公路上的豆粒般大小的汽车，仍旧繁忙地移动着。

"七点了吧……"

刚才只喝了两杯啤酒，脸就变得通红的信州大学的学生香山士郎，看了一下手表，打起了呵欠。

"这是谁的恶作剧，把我骗到这里来了。"

从名古屋来的名叫驹井忍的女人，轻轻地咬着嘴唇。是她刚才站起来，打开桌子上方闪亮的大吊灯的电钮的。

"我想回去了！"

综合医院的院长夫人木岛节子，不安地转动着身躯。她也喝了两三杯西班牙白葡萄酒，稍稍染红了眼角。

"不，还得坚持等一会儿，看会出现什么结果。"横滨一家贸易公司的董事越川宗十郎摇晃着肥胖的身子说道。他和小早川一样，悠然自得地呷着威士忌。

"为什么？难道这不是恶作剧吗？我没有这种供人开心的闲工夫。"

木岛节子有点歇斯底里似地反驳道。

"不，太太，我不认为这是单纯的恶作剧。"越川宗十郎微笑着摇摇头。

"毫无理由地将我们五个人叫来，就这样扔在这里，这不是恶作剧，是什么？"

"难道您认为东道主毫无理由地把我们叫到这里来吗？"

"是的。"

"不会没有理由的。把我们五个从未见过面，素不相识，毫无联系的人，邀集到这里来，究竟能起什么恶作剧的效果呢？何况光车费就用了十万圆以上。一定是东道主在认真地干着一件什么有意义的事呢。"

"那么请教您：究竟干什么有意义的事？"

"正因为不知道，我们现在才正等待着结果嘛！"

"东道主要是有什么目的招待我们，那他早就出现在我们面前了！"

"东道主是谁，我们都不知道。在这点上，我看有什么奥妙之处吧?!"

越川宗十郎口含着掺水的威士忌。他再也不笑了。小早川觉得越川宗十郎的话是有道理的。要是单纯为了恶作剧，何必干这种毫无收效而且是麻烦的事呢？花钱从名古屋、长野、横滨、东京各地将这些素不相识的人，集中于一堂。这难道是为了恶作剧吗？

但是小早川觉得如果东道主正干一件有什么目的或意义的事，那么在这的五个人，就并不是偶然被选到这里来的了。他是最为感到这里面存在奥妙的了。

"我同意越川先生的看法,这不是恶作剧。"

小早川环扫了同席人们一眼。

"把我们邀集到这里,必有充分的缘故。邀集的对象并不是谁都可以,之所以限于我们五人,这里面是必有一定的缘由。"

"对啰!我们五人被邀请,并不是偶然的,而是东道主非将我们五人邀集到这里不可的。"

越川宗十郎在桌上交叉着手腕,深深地点了点头。

"是的。招待的对象必须是我们五个人,这一点从招待主人知道我们五人的住所和姓名,就可以看出来。"

小早川的表情紧张起来了,因为当他发表自己看法的同时,出乎意料地觉察到事态的重大了。

"可是,我们之间毫无干系之处,并且是素不相识的呀!那么,为什么必须把我们邀集在一起呢?"

驹井忍以明显不安的神色问道。她出现这种神色后,更加发挥了她女人的魅力。

"乍看来,觉得这五个人毫无关系,并且素不相识。然而我们现在还没有发觉,我们之间可能存在着交接点。"

小早川用打火机点上一支烟。

"既然我们这些当事者,没有这种印象,那还有什么交接点呢?"

木岛节子以冷淡的语调反驳道。

"如果不是交接点,那么是什么共同点吧!"

小早川将刚点上的香烟,又扔到烟灰缸里。

"请您举个例子吧。"

越川宗十郎把身子靠近了桌子。

"例如,出生地是不是一样,有无认识共同的人,或者过去有无在同一个杂志投过稿等等……"

"那么，您对这些所谓的共同点，有何印象呢？"

"不，现在还……"

"要是我和您之间有一个什么共同点就好了。我出生在神奈川县，上大学前一直住在那里。在现在的贸易公司已工作了三十一年，是常务董事。当过三年军人，柔道三段，外国旅行一年数次，爱好钓鱼和潜水。怎么样，我们之间有何共同之处？"

"不，完全没有。"

小早川不得不承认道。

"去打听账房科，可能快一点吧！"

越川宗十郎说着，走到电话机前，拿起电话向账房科问了许多问题。不一会儿转过身，像外国人那样，耸耸肩，摊开双手回到自己位子上。

"毫无办法。账房讲，十天前，有人以中村这个姓预定了这间房子。第二天，一位自称是受订房主人的委托来这里，作了这样那样的嘱咐，并且用现金付清了房租和用费。"

越川宗十郎坐回椅子上，向大家报告道。

"就这样坐下去，我现在没有异议，因为太晚，不能回松本了，只好在这个饭店住上一夜了。"

香山士郎背靠在椅子上说，他睡眼惺忪。

"是呀，在这种情况下，大家除了在这里随便聊聊，寻找我们之间的共同点外，别无他法了。怎么样，您对水中体育活动感兴趣吗？"

越川转身向香山士郎这样问道。

"可是，长野县并没有海呀。"

香山士郎闭着眼睛回答道。

"在湖里、河中也可以吧！再没有比用'阿克阿郎科'① 在水中散步更为爽快的娱乐了。'阿克阿郎科'是商品名字，在美国等地叫作'斯丘巴'。这种东西原来是第二次世界大战中，法国的库斯托上校将它作为特攻武器设计出来的。但是做梦也没有想到，后来成了体育用品，流行起来，'阿克阿郎科'的'阿克阿'是……"

"'阿克阿'拉丁语是水，'郎科'英语是肺……"

"是的。唯一的缺点是'郎科'，即肺比较弱，而且氧气瓶也不能连续使用几个钟头，水压一增大，空气的消耗量就增多了。所以平常用一个钟头的氧气瓶，在水深十米的地方，只能用三十分钟；在水深二十米的地方，只能用二十分钟了。我想，应该在这方面认真地下功夫改进一下！"

因为是自己有兴趣的事，越川宗十郎喋喋不休地谈着，以至烟斗的烟叶已经熄灭了，也没注意，还在噼噼啪啪地吸着。但是，由于谁也没有和他答上腔，他终于感到尴尬而闭上了嘴。

突然香山士郎轻轻地发出笑声，四张迷惑不解的脸一下子转向他，尤其两个女人以恐怖的眼光望着他。这出其不意的笑声，甚至使小早川脑海里掠过一丝这样的疑问：香山士郎是不是东道主，现在要露出自己的身份了？

"人是多么迟钝的呀！"

香山士郎又发狂地大笑起来。

"这种明明白白且又具体的共同点，可谁也没注意到……"

这句话，其余四个人都听得清清楚楚。

"你是说找到了我们之间的共同点了？"

小早川情不自禁地大声问道。香山士郎点了点头，停止了

---

① 指水中呼吸器。

笑声。

"什么共同点?"

当越川宗十郎再次这样问时,香山士郎的神情一下子变得严肃了,他一个一个地数着围桌而坐的人们。

"越川宗十郎、驹井忍、小早川贞彦、木岛节子,还有香山士郎。这样一说,你们还不明白吗?"

香山士郎以认真得甚至使人感到可怕的表情环视大家,可是仍无一人领悟出来。

"五个人姓名的头一个大写字母都一样。"

香山士郎的这句话使大家目瞪口呆。大家感到一股无名的寒流穿过全身。五个人姓名的头一个大写字母相同,是的,这是明摆着的十分具体的共同点。越川宗十郎、驹井忍、小早川贞彦、木岛节子、香山士郎,他们的姓名头一个字母都是"S·K"。

然而,当注意到姓名的头一个字母"S·K"时,一件事掠过小早川的脑海,使他惊讶不已了。

4

五个人以各自不同的姿势陷入沉思中。现在大家都承认,五个人的姓名头一个字母都是S·K这个共同点,是那么鲜明,以至大家禁不住哑口无言。

"姓名的大写字母一样,难道就非将我们集中在这里不可吗?"

终于接触到问题的焦点了,越川宗十郎这样问道。

"是呀,姓名大写字母为S·K的人,在日本大概也有几万人吧……"

驹井忍不满地尖叫道。小早川仍然沉默着。他现在已经清楚明白了 S·K 这两个大写字母的含意了。六月二十日，在和歌山白滨温泉"忘归庄"饭店自杀的女青年久留米铃子，姓名的大写字母，不也是 S·K 吗？

实际上，她的尸体手握一条缝有 S·K 这样缩写字母的手帕。就在当时，当小早川得悉这件事时，就想到自己的姓名的大写字母和她一样，正因这样，现在说到大家的姓名大写字母都是 S·K 这个共同点时，他记忆中的久留米铃子的事，就像条件反射似的一下子在脑海里苏醒了过来。

五个人的姓名大写字母和四十天前自杀的女青年的一样，都是 S·K。这绝不是偶然的重合，而是内中有重大的关联，为此可以说被东道主挑选邀集到这里来了。

"诸位……"

小早川毅然地抬起头来。

"这哪里是单纯的恶作剧，而是重大的事呀！"

小早川扫了大家一眼，每个人都极为严肃地盯着小早川的口。

"姓及名的头一个大写字母一样，确是我们五个人之间的共同点，但这只不过是表面现象。请大家想想，为什么非将头一个字母一样的我们五人邀集到这里来不可呢？这是因为我们之间有更进一步的共同点呢！"

小早川以热切的语调说明。

"请您更具体地讲吧。"

越川宗十郎胡乱地甩了一下前额的白发。

"所谓共同点，就是过去我们有过这样的同一经历；大约在四十天前的六月二十日，都同住在一个旅行目的地的同一处饭店。"

"六月二十日……？"

"是的。谁要是在那一天晚上，没住在和歌山县白滨温泉的'忘归庄'饭店，请马上告诉我！"

小早川站起来，走到阳台的玻璃前。玻璃外的羽虫飞来飞去。因为室内装有冷气设备，整个房间的窗户没有安纱窗。眼下华灯初上，天空和大海之间形成巨大的黑色空间。他回过头来，看到刚才像雕像似呆坐的四个人，现在已经显得放心的样子。看来没有一个人会说，他（她）在六月二十日没住在白滨温泉的"忘归庄"饭店。小早川的推理是对的：和小早川一样，他们都在六月二十日夜，住在"忘归庄"饭店。

"那么，您是如何能根据姓名头一个大写字母一样就判定，我们全体在六月二十日都住在'忘归庄'饭店呢？"

就像哭累了似地叹了一口气后，驹井忍背向着小早川问道。

"诸位大概不会忘记，那一天夜里，有一个住在'忘归庄'饭店五一五号房间的女青年，从窗户跳下自杀的事吧。"

小早川慢吞吞地转到越川宗十郎背后。

"对，确有一个年轻姑娘……"

越川宗十郎深深地点了点头。

"那个自杀的年轻妇女叫久留米铃子，和我们一样，她的姓名头一个大写字母也是S·K。"

小早川又从香山士郎的背后走过。

"可是，就凭这个非把我们叫到这里不可吗？"木岛节子愤慨地提高嗓门叫道。这位有派头儿的女人，大概耻于被他人的意志所支配，因而发怒了，但这也可以理解的。一个年轻妇女在饭店自杀了，而自己却因偶尔住在这家饭店，只是由于姓名的第一个大写字母和这个女人一样，就被身份不明的人叫到这里，这怎么能想得通呢。

但是，在这一点上的的确确有其玄妙之处。虽然是个人的推测，小早川对之却信心十足。因为那次他扔下自己本分工作，到处探听那个年轻姑娘自杀的机密，现在却用上了。

"我是办周刊杂志的，我的十分强烈的职业好奇心，使我当时花了三天时间，调查了久留米铃子的自杀案件。因而比起诸位，我更详细了解这个案件的。"

小早川转回到自己椅子边，但没坐下去。

"由于这原因，我已经猜到了是谁将我们五个人邀集到这儿来的。"

小早川站着点上一支香烟，四个人把视线一齐投向了他。

"谁呀？"

越川宗十郎以尖锐的语调问道。

"大概是死者久留米铃子的姐姐。久留米铃子和姐姐一起住在东京一个公寓楼里。她自杀时，她姐姐到海外旅行，不在东京。"

"那么，她姐姐为什么要这样做呢？"

驹井忍又以不安的神色，仰起头问小早川。

"她姐姐不久就回国，听到了妹妹自杀的消息。她姐姐比谁都了解长期在一起生活的妹妹。那是一位可以说比别人，甚至比父母还更了解妹妹的姐姐。在她详细了解妹妹自杀事件过程中，她大概对妹妹的死，产生了某些疑问了。"

小早川大口地吐出了烟雾。

"疑问？"

越川宗十郎，咯咯地将冰块咬碎。

"就是发现了和妹妹日常表现很矛盾的现象。"

"具体地说，是什么？"

"把着眼点放在姓名第一个大写字母和死去的妹妹相同的我

们五人身上考虑，你们不觉得在关于大写字母这问题上有什么奇怪的事吗？"

"有关大写字母方面？究竟是什么呢？"

"有。"

"什么……"

"妹妹，即死者久留米铃子的手中握着一块缝有 SK 大写字母的手帕。"

"因为这是她本人的东西，当然写着 SK 这两个字母了。"

"谁也会这样判断的。因为她握着的手帕上写的是自己姓名的大写字母。但是，即使姓名大写字母相同，各人手帕也并非一样。比如越川先生，您手帕的缩写字母是怎么写的？"

"我，我的手帕上可没有什么字母。"

"是呀，有人不在手帕上标上姓名。标上的，有的用德文，有的用花纹文字，各式各样。还有人将字缝上，并且只缝一个字，有人将字写上，有人将字刺绣上，千差万别。我想象久留米铃子是不是将 S·K 的单独 S 一个字刺绣到手帕上的。这一点她的姐姐当然很知道。因而，当她的姐姐听说她的尸体手握着有 SK 两个字母的手帕时，惊讶不已了，因为妹妹手里握着的不是她自己的手帕，而是别人的……"

"这样说，她不是自杀，是他杀的了。"

"一般说来，自杀者手握着自己的手帕跳楼，是很不自然的。应该说久留米铃子不是以自己的意志跳楼自杀，而是被什么人推下去的。在被推的瞬间，她为了不被推下去，而抓住对方的手。但是她抓住的是凶手手里的手帕，于是，就这样她掉了下去，摔死了。"

"那么凶手是一个姓名缩写字母和被害者一样，都是 SK 的人了。"

"而且，因为作案时间是在深夜，温泉街的旅馆处于不能随便出入的状态。也就是说，凶手是那天夜里住在那个旅馆的客人，并且其姓名的缩写字母是 SK。根据这个判断，久留米铃子的姐姐去到白滨温泉的'忘归庄'旅馆，在六月二十日夜，住在此旅馆的客人中，找出姓名的缩写字母为 SK 的人。其结果，找出了我们五人。"

"是查阅旅馆住宿簿吧？怪不得东道主连我们的姓名、住所、年龄都知道。"

"是这样的。"

"但是，她姐姐的意图是什么呢？她仅仅邀请我们而自己不露面，难道向我们五个人复仇不成吗？"

"杀害久留米铃子的凶手，毫无疑义在我们五个人之中。所以我想，久留米铃子姐姐的目的在于，让我们五人进行交谈，然后得出哪一个是凶手的结论。"

小早川坐在椅子上，好像全身的力气都被抽走似的，感到十分疲劳。驹井忍的大腿神经质地激烈晃动着。她为了使人看不出她失去冷静的神态，将脸转了过去。香山士郎好像什么也没听见似的，闭着眼睛。越川宗十郎以探索什么似的眼光望着大家。

"你说得多么可怕呀！在这里，有杀死人的人……"

木岛节子两个肩膀颤抖着，象里吐出来似的说着。

5

没有一个人能说出他（她）有旁证证明，他（她）不会作案。久留米铃子的姐姐是考虑了这一点，而将这五个人选来的吧！除了小早川外，其他四人都单独住在个人房间。也就是说，那天夜里他们能够走出房间自由行动。

只有小早川和摄影记者住在一起，但是，这也不能作为绝对可靠的旁证。人们可以说，他封住了记者的口呀，记者是同案犯呀，而他却拿不出能够加以否定的材料。

在这种情况下，说有旁证呀，说没有杀人动机呀，都无济于事。五个人的有利和不利条件相当，大家作为被怀疑的对象，所处的地位是对等的。即，在确定谁是罪犯之前，五人全是嫌疑份子。

"无聊！实在是无聊！"

咚，突然香山士郎睁开眼睛，将手重重地拍着桌子。

"你所说的，全是根据想象的推论，再也没有比这种单凭想象的推论更荒谬，更无聊，更没有价值的了。"

香山士郎站起来，怒视着小早川。

"我并不是在捕风捉影，虽然这肯定是想象。但是，有根据的想象是接近事实的。"

小早川不由得激动起来，怒叫着。

"你无视了一个大前提！"

香山士郎又拍着桌子，激动得脸色苍白。

"什么大前提？"

小早川努力克制自己，保持冷静。

"第二天早上，我听女服务员说，发现了自杀那个女人笔迹的三封遗书。这不是大前提是什么！"

木岛节子似乎站在香山士郎一边，用责难的眼光盯着小早川。

"我也这样听说过。"

驹井忍也赞同香山士郎。

"三封亲笔的遗书，足可证明是自杀的了。说是他杀什么的，完全是不合乎逻辑的荒谬想象。"

好像从两个女人的赞同中，获得勇气似的，香山士郎的态度更加强硬。

"那么，让我说吧。"

小早川为了使自己冷静下来，微笑着。

"一个人写了遗书，难道就能断言，这个人就绝对会自杀吗？"

"我不明白您问的意思。"

香山士郎皱起眉头。

"我是问，打算自杀的人，写了遗书以后，难道就绝对不可能打断自杀的念头，或改变主意什么的吗？"

"大概也会有极少的，百分之几的人在决定自杀以后又不想自杀了。"

"事实上，久留米铃子的情形就是这样。"

"你又凭想象了。"

"不是想象，这是事实。久留米铃子在这之前，给老家金泽打了一个钟头的长途电话，接电话的是她母亲。我直接采访了她的父母，知道了电话的内容。久留米铃子在电话内告诉她母亲，她是为了自杀而来到白滨的。听了女儿的告白后，母亲大吃一惊，竭力劝说女儿打消轻生的念头，她用了一个钟头劝说，终于使女儿回心转意了。"

"答应母亲不自杀，未必能起决定作用。电话后，她仔细考虑，可能又恢复自杀的念头了。"

"请您好好想想。一个已经清醒感到自杀是愚蠢的人，又一次产生去死的念头，是需要一定时间的，更何况是变成自杀的行动。事实上，久留米铃子答应母亲不自杀后挂了电话，到从窗户掉下去，前后不过六、七分钟。"

这是事实。据饭店交换台的记录，她挂完了电话，是二时过五分，而服务员见到有人从窗户跳下来，赶到现场是二时十一分或十二分。在这短短时间内，久留米铃子肯定没有自杀的念头，留下的只不过是还没来得及处理的三封遗书罢了。

"当然凶手是不知道久留米铃子为了自杀而来到白滨的；不知道她刚和母亲在电话中谈了话而打消自杀的念头，也不知道，她的手提包里还有三封没处理的遗书。第二天，由于有遗书，并且手帕上的大写字母和她姓名缩写字母一样，这样偶然的重合，久留米铃子的死被判断为自杀了。当时凶手大概感到这是天大的侥幸。"

小早川以冷冷的表情，往香山士郎的方向吐着烟雾。香山士郎把腰塌靠在椅子上，看样子他不再反驳了。

"我是去和歌山市亲戚家回来后，顺便经过白滨温泉，在那里住一夜的。我没有见过那个叫久留米铃子的女子，也没有杀人动机。"

香山士郎这会儿想在动机方面极力表白自己了。但是，他态度软弱，用词也相当谨慎。

"那个久留米铃子被杀的原因是什么？"

驹井忍战战兢兢地望着小早川。

"嗯，这方面我还……不过，要是让我谈自己的看法，杀害久留米铃子的凶手很可能就是个女人。"

小早川毫不踌躇地一口气说出来了。

"您说什么……"

驹井忍站起来，好象要逃出去似的。

"怎么？"

木岛节子感到狼狈，脸色也变了。她们感到慌张是理所当然的。因为杀人凶手原来被认为是在五人之中，现在一下子被限定在仅有的两个女人之中了。即不是驹井忍，就是木岛节子。

"小早川先生，您认为凶手是女人，根据什么？"

越川宗十郎，很有兴趣似地将手交叉在桌子上。

"首先，久留米铃子是轻易地将凶手迎到自己房间的。"

小早川虽然正视着越川宗十郎，可是话是想说给两个女人听的。

"那就是说，和房间的门没有挂上锁不一样吗？"

越川宗十郎望着天花板，这样问道。

"不，请您考虑一下，当时的时间——深夜，无论谁都会习惯地将门挂上锁，特别是久留米铃子，这样一个年轻姑娘。"

"那么，凶手敲门吗？"

"因为是深夜，不是访问客人的时间。当然，久留米铃子在屋内会问是谁呀，罪犯一定会说有什么重大的话要说，请您让我进屋等等。如果这是男人的声音，久留米铃子作为一个年轻妇女，她是会警惕或害怕的。那时她大概就会说'有话明天在走廊说吧。'而不开门的。"

"可是因为这是女人的声音，她觉得没必要警惕，就打开了门。"

"是的。"

"您的根据就这些吗？"

"不，还有。那就是久留米铃子手里还握着一块手帕。毫无疑义，这是凶手的手帕。也就是，凶手在五一五房间时，手里一直拿着这块手帕。可是，越川先生，我们是男人，除了满头大汗时以外，无缘无故地拿着一块手帕干吗呢？"

"按您说，男人只有在使用时，将手帕拿出来，用完后马上塞进口袋吗？"

"是这样吧！对于男人手帕是实用品，而对于女人，不仅是实用品了，又是一种小道具了。女人手里始终拿着手帕，这是我们经常看到的一种现象。"

"是的，有道理……"

"最后，最关键的一点，凶手为什么要杀死久留米铃子呢？"

"据我调查，她和那个男人两情欢洽，难舍难分。可是，他们的关系被那个人的妻子发觉了，于是发生一场很大的风波，使得他们决定断绝关系，停止来往。此事好像发生在她死之前三、四天。"

"您认为这方面是不是存在着杀人动机这问题吗？"

"是的。妻子知道自己的丈夫有了年轻的情人，醋性发作，怒从心头起，产生了杀人的念头。她丈夫和久留米铃子决定分手，仅仅是三、四天的事，妻子还不知道，仍以为丈夫将和这个年轻情人永远保持关系，于是将这种杀人念头付诸行动。"

小早川低下头不说话了。越川宗十郎也不插话了。一种苦闷的沉默，支配着宽敞的房间。好像脱离了现实，陷入了死和绝望世界的苦闷之感，压缩着每个人的胸膛。

"我还没结婚，没有丈夫，怎能杀死丈夫的情人呢？"

驹井忍叫起来了，刚才所有集中在她身上的男人们的视线，这次全都转到了木岛节子的身上。她垂下了头，两肩轻轻颤抖着，好像在呜咽。

"我要是知道了我丈夫和那个女人分手了……不，我要是知道她是为了自杀来到白滨温泉……这个事情就不会发生了……丈夫去大阪，我又听到委托调查那个女人的兴信所的调查员报告说，那个女人到了白滨的饭店，我断定她要在那里和我的丈夫幽会，就立刻赶到白滨，在同一个'忘归庄'饭店住下了……。"

木岛节子将身体俯伏桌子上，弯着腰嚎啕大哭。这样，招待五个人的一场别有风趣的酒会，到此结束了。

6

木岛节子给一一〇号挂了电话，坦白了自己在大约四十天前杀了人。一会儿，到了一辆警视所的巡逻车，两名所辖署的事务官和一名女警，把木岛节子带走了。其余的四个人，这才托服务员送来了晚饭，的确，现在谁也没有旺盛的食欲了。

"现在，久留米铃子的姐姐，总算达到了目的。"

饭后，又开始饮威士忌的越川宗十郎说。

"她一定很高兴吧！"

小早川将久留米铃子的姐姐，想象成自己所喜欢的类型的女子。

"但是，招待我们的东道主，最后还不露面，这是多么遗憾呀！"

"不，说不定她要出现的。"

"我也这样期待呀。"

"对这女人感兴趣啰！"

"对能干出这样别出心裁的事的女人，我是非常想见的。"

"我也同感。"

"但是，我感觉，好像我们不可能见到这位东道主的。"

"直至最后都不出现，这才是这种女人的想法呢！"

"好了，把东道主的事忘了吧！就像请帖所写的嘛！邀请我们的是海，是美丽的海，难道不是这样吗？"

"越川先生，您是再住一晚后走吗？"

"明天在海上畅玩一天，坐船去钓鱼，或者如能借到水中呼吸器，就去潜水。您也住一晚吗？"

"是的。"

"那就这样吧！这个'迎宾室'还可以住几个人呢……"

"我要在这里住一夜。明天早餐时，还要吃那些自己想吃的美味！因为我是为了这些才接受邀请，从长野县那么远的地方赶来的呀。"

香山士郎站起来，蹒蹒跚跚地往卧室走去。

驹井忍向小早川和越川宗十郎道了别，这时候从南伊豆回到名古屋，可以说太晚了。但是，男人们默默地送走了她。或者，在这附近有她认识的人家吧？再说，也不能劝一个年轻女人住一个晚上再走。

驹井忍乘电梯下到一楼，她要感谢小早川贞彦的。在今晚来人中，有这样的一位，对她来说太幸运了。如果没有他，肯定是不能从心理上攻倒凶手的。

"'迎宾室'今晚住三个人，如果交的款额不够，我现在补上。"

驹井忍对账房服务员说。

"您是中村女士？不用了，预交的钱已经够了。"

管账户的服务员殷切地施了一礼。

化名为中村的驹井忍，真正姓名是久留米洋子，走出了东都河津观光饭店。她向海边走去。虽然能够将杀死妹妹的凶手交给了警察，但是洋子并不像所期待的那么高兴。她的心绪就像眼前无穷无尽的黑色大海，感到茫然和苦闷！

"奇面城"的秘密

江户川乱步 著

一、怪人四十面相

一天,一个仪表非凡的绅士来到面町高级饭店内明智侦探的办公室。这位绅士名叫神山正夫,他住在东京港区,是一个拥有很多工厂的大企业家。神山正夫是拿着明智侦探的一个好朋友(也是企业家)的介绍信来找明智侦探的。

神山一见明智侦探就面色恐惧地说:

"明智先生,我正受到怪人四十面相的威胁呢。"

"什么,怪人四十面相,不就是二十面相吗?那家伙三个月前,在'宇宙怪人'的案件中已被我逮住,现在不是还关在监狱里面的吗?"

明智侦探很惊讶地说道。

"他早就越狱跑了。"

"奇怪了,他越狱逃跑报纸会有消息的呀。可是我从没听说啊?"

"越狱的事是刚刚发现的,我刚报告警察,他们也和您一样很吃惊,他们在监狱里见到的是一个不知什么时候被四十面相弄来的替身。"

"此人长得非常像四十面相,以至监狱的看守一直没发觉,而且怎么调查也不知道四十面相是什么时候把这替身弄到监狱来的。替身人似乎是一个白痴,问什么话他总是哈哈地笑着,好像什么也不懂。"明智侦探的脸马上严肃起来,急切地想着,怎么解决这件事。

于是站起身,走到客厅角落的电话机旁,拿起电话说了一会儿,返回座位上,对神山说:"警视厅的中村警部也知道这事了。……可是,您刚才说四十面相威胁您,是怎么回事呢?"

"在十天之前,我忽然接到一个奇怪的电话,打电话的人用一种嘶哑的、令人可怕的声音说:'这几天,我要到府上去取那幅伦勃朗的《S夫人像》,你得小心。'说毕,就没了声响。"

"伦勃朗的《S夫人像》,是我去年从法国买来的一幅油画,价值几千万日元。当时,报纸上报道了这件事,您大概也知道吧。"

"我知道,这是日本人所持有的现在西洋画中最为珍贵的一幅油画,请问这幅油画现在放在什么地方了?"

"挂在我们家二楼西洋美术室里。这个美术室里放着各种各样的西洋油画,但最珍贵的就是这幅伦勃朗的《S夫人像》,四十面相的确眼力不低,看上这幅画了。"

神山说着,苦笑了一下。

"不过现在还没有被偷去吧?"

"还没有,但是这四五天之内很危险。昨天早上,我醒来时,看到床旁边的桌上放着一封信,我问是谁送来的,怎么送来的,所有的人都不知道。"

神山从口袋里取出一个信封,把里面的信递给明智。

信上写着：

五天之内，我定要取走伦勃朗的《S夫人像》，您务必严密警戒，即便警察把府上团团围住，我也要取，因为我是有魔法的，神通广大的人，请您先和您的伦勃朗告别吧。

四十面相

虽说知道是四十面相写的信，可是我又想或许是谁在恶作剧吧，不过，为了慎重，我还是向警察报案了。

"这几天警察署派了十几个警察到我家看守《S夫人像》，他们轮班看守，除了这十几个警察之外，还有我上大学的儿子，及他的两个同学，我们公司的三个职员。大家不仅把美术室团团围住了，而且把整个住宅也围住了。"

大家都说这样警戒，可以万无一失了。可我总觉得四十面相非同一般人，他神通广大，说不定不定期会搞些什么名堂。

"您过去常和四十面相交锋，因此，我想找您商量一下，求您的帮助。"

"我将尽力而为，不仅如此，刚才在电话里，我还求中村警部帮忙。"

"再说，对于四十面相，自从他起名为二十面相的时候开始，我就和他结下了难解之缘。他一出现，我绝不会袖手旁观的。"

明智笑嘻嘻地说，神山先生宽慰地望了明智一眼，道："您这样一说，我就放心了，您这不仅是为我，也为了整个社会，要是对四十面相置之不理，他不知还要闹出什么乱子来。"

"明白了，那么，现在我得马上到府上看看，我必须仔细地观察你家的美术室，而且，我还要带我的助手，少年小林一起去。不会有什么不方便吧？小林是一个非常聪明机灵的孩子，他可帮了我不少忙。"

"当然很好，我喜欢少年小林，特别是我家今年上小学六年级的男孩子．他特别崇拜小林君。"

"哈哈，小林在孩子们中间是非常有名的，他一走在街上，男男女女的小学生都会围过来要他签名。小林君总是非常难为情，脸变得通红通红的。"

明智边说边按了下铃，门外走进来一个脸像苹果似的可爱的孩子，这就是小林。

"小林君，四十面相越狱逃跑啦！而且公然宣称要偷走这位神山先生家的伦勃朗的油画。这是他惯用的伎俩，现在我要去神山先生府上，您能和我一起去吗？"

"好的，您带我去吧，可是，四十面相那家伙是怎么越狱逃跑的呢？"

"我们在车上慢慢谈吧，据神山先生讲，他采用的是替身法。"

"噢，还是老一套。"

"嗯，这是他最得意的伎俩……怎么样小林君，你不紧张吗？我想这次让你扮演一个重要的角色呢。"

"好的，我遵命，那家伙吃了很大的苦头，这回要报复了。"

三个人下了楼，坐进在门口等待着的神山先生的轿车里，向朝港区的神山住宅驰去。

二、阿多尼斯的雕像

明智侦探和小林到达神山住宅后，向看守的警察们调查并详细地巡视了一遍住宅，尤其对挂着那一幅《S夫人像》的美术室，他们更是认真地观察。然后，他订出了一个对付四十面相的计划。是什么计划呢？一会儿读者就知道了。

之后四天，毫无动静，警察们仍然昼夜巡逻，看来，四十面相是无法混入神山住宅的。

可是，这期间一件比较奇怪的事发生了，明智到神山住宅的第二天早晨，神山先生发现平时放在美术室角落里的阿多尼斯石膏像被打翻在地上了。旁边滚着一个球，好像是外面打棒球的人从窗外打进来的，正巧打在石膏像的肚子上。石膏碎片掉落在旁边，美术室的门平时是紧闭上锁的，那天，女仆开门扫地，打开窗子后又因什么事暂时走出房间，球可能是这时从窗外打进来的。

阿多尼斯是古希腊神话中的美男子，他的几个裸体雕像出自一位大雕刻家之手，真品都是用大理石雕刻的，法国的工艺品商人制造了许多石膏仿制塑像出卖，神山先生也买了一个带回来，这是一个比真人还要大的极为精致的石膏像，虽不是真品，并不怎么值钱，但因为是从遥远的国度买来的。现在被棒球打碎了，不能置之不理。于是，神山先生急忙给石膏像工艺品商店去电话，让他们修理。

那个商店的人接到电话以后，赶到神山住宅，可是，因为不能当场修理，这些人就把石膏像装进汽车，运回工厂，四天之后，工艺品商店的四个人把修理好的石膏像运回来了。他们把石膏像从汽车上抬下来。抬上二楼的美术室，放在了原来的地方。

警察生怕这四个人中混有四十面相的部下，在塑像从车上取出运往美术室的过程始终严密地监视着他们，没有发生什么反常的现象。伦勃朗的《S夫人像》仍然挂在原来的位置。看守的警察中有人提出最好把它藏到银行的大保险柜里，可是又怕运送途中出问题，因而大家一致认为，还是原封不动地挂在美术室好。

修理好的石膏像运来的那一天，刚好是四十面相信中所说的第五天，四十面相说，五天之内一定要取走油画，因此，这是期限的最后一天了，油画若能度过这一晚上，那就说明四十面相失败了。

现在是下午三时，离第五天仅有九个钟头，此刻，警察们的警戒越来越森严。警察、寄宿的学生、公司的职员，总共十几个人都是身强力壮的男子汉，他们严密的看守着神山住宅的每一个角落。

这时，神山先生，明智小五郎和警视厅的中村警部，围坐在书房的桌子旁边，正秘密地商量对策。

"明智君，看来您有好主意啊，这样警备，没问题了吧？今天晚上可是最危险的呀，怎么样？咱们三个人就通宵达旦地值班吧。"

中村警部神色紧张地说。

"这也可以，不过，我认为把美术室的门打开更好。因为我们已经做好了万无一失的准备，完全可以放心。"明智侦探说。

"过去四十面相也曾多次这样预告自己的行动，也总是按预告的那样采取什么行动。结果总是他占了上风，无论怎样严密地看守，也没有什么用。"

"所以，这回我们改变方法，索性撤走美术室里的看守人员，当然，门和窗户都照样锁着。"

也就是说，故意地造成假象，引鱼上钩，逮住他。

明智信心十足地说。

"但是，对住宅周围的巡逻还是很有必要的啊！虽然是四十面相，也不能像鸟一样，是进不了美术室的。"

神山先生不安地插话道。

"不，巡逻不巡逻都无关大局。那家伙一定要来的。不过，为应付万一的情况，及时得到帮助，还是要警察继续巡逻下去。"明智说。

在明智看来，对住宅周围的巡逻没有多大必要，四十面相肯定会来。并且明智还撤走了美术室里的看守人，这实在令神山先生和中村警部更加放心不下了。

夜幕降临，美术馆的窗子从里面上了锁。门也锁上了，两个学生坐在外面的走廊里，睁大眼睛看守着。

十个警察毫不松懈地同住房子，警戒着。中村警部不断地走来走去。对大家严格监督。

明智侦探傍晚时不知到哪里去了。这重要的时刻，这位著名的侦探究竟在干什么呢？夜色越来越浓了，不知从什么地方传来时钟敲响十点的声音。

这时，神山家二层的美术室里面，一件奇特的事情终于发生了。

美术室里面，除了一盏小电灯以外，其余电灯全部熄灭，在昏暗的灯光下，美术室里响起了好像什么东西开裂似的喀咔喀咔的声音。老鼠在咬东西吗？不，在这豪华的美术室里面怎么会有老鼠呢？

噢，原来这个巨大的阿多尼斯雕像开始轻轻地摇摆起来，好像活人一样地在动着。之后，更奇怪了，突然，啪叽啪叽，白色石膏像开始出现几道可怕的裂缝。渐渐地，裂缝越来越大。

啪嗒，石膏碎片掉在地板上，越来越多。因为地板上铺着地毯，石膏碎片落地的声音传不到门外。

石膏像的裂缝变得更大，里面露出什么黑黑东西。不一会儿，石膏像的右脚从膝盖处掉了下来，里面伸出一只黑脚，接着，石膏像的左脚也从膝盖处掉下了，又钻出一只黑脚。两只黑脚从石膏像的台座踩到地板上。

石膏像的左右臂也从肩膀处一下落在地板上，从里面钻出两只黑手来。

这两只黑手用极其快速的动作把贴在身上的石膏片全部取了下来。

啊，原来是个穿黑衣服的人，头上还包着黑色的面罩，只露出两只闪闪发亮的眼睛。原来这个人藏在阿多尼斯雕像里面。

三、屋顶上

不用说，他就是四十面相。原来工艺品商店的人把阿多尼斯的雕像送到工厂去修理之后，四十面相冒充店主人把石膏像取出来，然后请人把自己装进去让四个部下把石膏像运往神山住宅。部下冒充工艺品商店的店员，巧妙地把石膏像放在二楼的美术室里。

美术室里只有一盏昏暗的电灯，屋子里一个人也没有，两个学生在美术室门外的走廊里守着。这是明智侦探特意布置的。四十面相从石膏像钻出来以后，环视了周围，发现室内没有人影时，就走近《S夫人像》前，把像从墙上取下，打开镜框，拿出那幅画，滚成一个圆筒。

然后他解下系在腰间的包袱皮，把画包好，斜背在肩上，把包袱皮的两端紧紧地系在胸前，这样，逃走时他的两手就可以自由活动了。

就像刚才弄破石膏像那样，四十面相完成这一系列的动作极为小心谨慎，竭力不让声音传到外面去。再说，地板上铺着厚厚的地毯，即使有响声，也不可能传到外面。

因而，走廊上的两个学生全然不知四十面相在美术室里，就这样地把伦勃朗的油画给盗走了。他们只想到四十面相只能从外面来。

四十面相蹑手蹑脚毫无声息地打开美术室的玻璃窗，刷地一下跳到窗台上，抓住安在那里的流水槽，像猴子一样灵敏地爬到屋顶上。

四十面相爬到大屋顶上去干什么呢？因为神山先生的西洋美术馆所在的西洋馆孤立地位于庭园中间，人们当然不会想到强盗可以从这个屋顶上跑掉。

的确这时，巡逻的警察们也一点儿没料到四十面相已经在屋顶上了。因而谁也不去注意屋顶。大家都认为四十面相只能从外面跑进来。可是，有一个警察偶然抬起头来的时候，突然觉得屋顶上有异样的东西，他看到屋顶上有两根黑棍子，其实，这是四十面相的两条腿。

两条黑棍子突然又从屋顶上消失了。落到灰色混凝土的墙上，就像挂在那儿。

那个警察绝没有想到那是人的腿，因为在黑暗中，他看不清楚。不过，他总觉得有点奇怪。

他睁大眼睛注视着屋顶。他觉得黑乎乎的屋顶上那一双黑棍子在移动。他想还是应该向中村警部报告。他马上跑到站在院子中间的中村警部面前，把自己看见的奇怪的现象告诉了警部。

特别是侦探和小林不知什么时候回来了。他站在中村警部的旁边。听了那个警察的报告后，明智以一种仿佛不出所料的口气道：

"嗯，果然如此，看来画已经被他盗走了。要是这样的话，他不会下到到处布满警察的庭院里，他只能跑到屋顶上去。

"怎么？画被盗了？你怎么知道的呢？四十面相究竟从什么地方潜到美术室的呀？你要是知道，为什么不采取防范措施呢？"

中村警部以责备的口气质问明智道。

"不，我哪里知道呢，四十面相是一个神通广大的家伙，我只不过凭想象分析的，我知道他从什么地方已经潜到美术室去，他现在或许已把画盗走了。"

"怎么？你是说你无法防备那家伙潜到美术室去吗？"

"不，我已经采取了严密的措施了，不过，详细的事情容后再说，当务之急就是去看一下美术室，要是油画被盗走的话，那家伙一定是逃到屋顶上了。"

"好，马上就去看看。"

中村警部也有同感，他急忙往那里跑去，明智侦探和小林紧跟在后面。

跑到二楼，开了锁，打开门看时，中村警部情不自禁地"啊"地叫了起来，呆立在门边。面前。阿多尼斯石膏像又变成了一堆碎片，散落地上。

这究竟是怎么回事，不是刚修理完拿回来的吗？怎么又碎了？难道黑夜里又有棒球从外面打进来？"

警部目瞪口呆，喃喃自语。

"这回不是被球打碎的，而是有东西从里面把它弄碎的。"

明智说出了一句奇妙的话。

"什么？从里面？您这是什么意思？"

"就是四十面相藏到石膏像里面了。"

"怎么？那家伙躲到那里面了，喂，明智君，您是事先知道了吗？要是知道的话，又为什么……"

"不，不。我事先并不知道，我是到这儿才注意到的，我是从这只膏像破碎的样子看出来的，因为这像是那家伙所干的事。唉，只怪我粗心，事先没有想到而上了当。"

明智不无遗憾地说。

这时，中村警部又啊地叫了起来。

"啊，被盗走了？瞧，伦勃朗的画镜框被取下来了，框里空空的。"

"嗯，果然不出所料，那家伙到底把画给盗走了。不过，中村君，您大可不必担心，我一定把画取回来给你看看。"

明智信心百倍地，断然地说。

"也就是说，四十面相把油画取走，逃到屋顶上去了吗？"

"是的，因为除了屋顶之外，他无处可逃。"

"对，这座楼四面都被包围了，他即使爬到屋顶上，也无法逃出这个地方呀，他究竟想干什么呢？"

中村警部颇感惊奇地说。

"那小子神通广大，也许会耍出什么鬼把戏。总而言之，现在要盯住屋顶，普通的电灯不够亮，把消防车叫来吧，因为消防车有强烈的探照灯和自动升降的梯子，所以对付他最为合适。"

"好，我现在马上就给消防署打电话。"

中村警部说毕，慌慌忙忙地跑到楼下去了。

院子里，警察们把屋子里的电灯拉了出来，对准屋顶，大家目不转睛地看着那上面。"喂，有黑东西在动呢！果然，是那家伙呀。"

"嗯，屋顶上虽然很平，但可以看到一个黑东西。一定是四十面相，我去报告警部。"

一个警察说着，飞快地跑进西洋美术室。

四、水　攻

不一会儿，红色的消防车开进了神山家的院子。在中村警部的指挥下，消防车的探照灯亮了，放射出一条像白色的棍子似的强烈光束，照向西洋馆的大屋顶。

果然，灯光下，人们清楚地看到一个全身黑衣服的人紧紧地贴在屋顶上，向上匍匐爬行。

四十面相转过脸来，眯着眼睛往底下瞧，突然逃走。但是，他走不出屋顶，他是逃不走的，他不能往下跳，否则一定会摔死的。

他爬到脊瓦上时，突然跨过去，走到另一面不见了。

因为探照灯无法照到背面，消防车只能把车开到后面去照。

此时，司机正要把车开到背后时，中村警部摇手道："不必了，就这样吧。等我们把车开到背后那家伙又转到这边来了，再开回来时，他就又转过去，他转是很容易的，而汽车转就不容易了。与其这样，倒不如开起自动梯，如果梯子够得着屋顶，我的部下就能爬上去逮住他。"

于是，消防车上发动机咔嗒咔嗒地转起来了，自动梯子向上升起，一直升到屋顶。中村警部属下的两位警察脱掉鞋子和上衣，勇敢地沿着笔直地伸向天空的自动梯子往上爬。除了三个警察在西洋馆的后面以外，其他警察现在都集中在消防车的旁边，神山先生和两个学生也在这里。可是，明智侦探和小林又不知道跑到什么地方去了。

刚才，在四十面相逃到屋顶之前，他们两个人就不见了，现在，在这样重要的时刻，他们又去向不明，他们究竟到什么地方去了呢？

两个警察已经爬完了三分之二的梯子。再爬两米就可以到达屋顶了。突然，背后的四十面相又转过来了，看来，他已经知道警察要沿着梯子爬上来抓他。

要是这两个身强力壮的警察爬到屋顶上来，自己就完了。他们拿着手铐和绳索，腰间皮套里还有装满子弹的手枪。四十面相即便再有本领，在这种情况下也斗不过两个警察的。

他该怎么办呢？难道束手就擒吗？

就在这时候，他又跨过脊瓦，满不在乎地走到这边的屋顶上来。然后，慢慢地走到屋檐，他究竟要干什么呢？

"喂，那家伙是不是要跳下来？赶快准备救命工具吧。"

在中村警部的命令下，消防人员急忙取出车上配备的圆形救命帆布。五个人摊开帆布，走到房檐底下。万一四十面相跳下来时，他们将用帆布把他接住。

但是，四十面相看来不想跳。他走到房檐边时，突然两手抓住扣在屋檐上的梯子，竭尽全力地摇晃。

马上就要爬到屋顶的警察被他这突然的摇摆弄得一下子从梯子上滚下来。

"啊，危险！"

底下的人看见警察滚下来，吓得不知如何是好。幸亏滚到第三段横梯时，死死地抓住了梯子的横木，才没有滚落下来。他的后面还有一个警察呢，要是前面的警察掉到后面的警察的身上，互相碰撞，两人一起滚下来，就会同归于尽了。

刚滚下来的警察毫不屈服，又开始往上爬，将要爬到屋顶上了。但是四十面相好像等待他似的，又抓住梯子拼命摇晃起来。

虽然这回警察有了准备，没有被摇下来，可是，也无法爬到屋顶上去了。

警察毫无办法，从腰里拔出手枪。

"你再顽抗，我就开枪了。你不要命了吗？"

边喊着，边朝天"砰"地开了一枪。

"哈哈……"

四十面相若无其事地大笑起来。

"哈哈，你吓唬不了我。我什么武器都没有带，你能杀死我这个手无寸铁的人吗？你再放空枪，我也不怕。哈哈哈哈哈……"

警察知道，现在是不能开枪打死四十面相的，遇上这样的对手，真不知该怎么办好。他没办法，又把手枪插回腰间。接着，他又努力地往上爬。然而，四十面相依然猛力地摇晃着梯子，使他无法前进。他只好牢牢地抓住梯子，避免掉下来。他们就这样相峙着。看来，警察是抓不住这个四十面相了。

中村警部他们在下面又急着商量对策。

"用水攻怎样？用水龙头向他喷水，这样他就会摔下来，我们用救命帆布把他接住。"

中村警部建议道。

消防队长表示赞成："那就试一下。把水龙头带接到消火栓上就可以了。水龙带的水十分猛烈，那小子一定会被冲下来的。"

"嗯，现在只好如此了。不过，是否能接得住呢？要是接不住的话，那家伙就会摔死，我们是不能把他杀死的啊。这实在是难乎其难的事呀。"

中村警部忧心忡忡的歪着头说。

此时，若是明智侦探在场，也许能想出更好的办法，可是，他和小林不知到什么地方去了，一直没有露面。

"好，就这样办吧，不过大家要注意，尽量不要让他摔下来，要吓唬他，他眼看要摔下来时，也许会举手投降的。那时，警察就登上去，他就会服服帖帖地被抓住了。"

中村警部终于决心下了这样的命令。

这时，水龙头已经拉出来，并接到了消火栓上。爬在地面上的白色水龙带就像蛇一样，一节一节地涨起了肚子。两个消防队员抓住了水龙头。

水龙带一直放到水龙头的地方了。瞬间，水发出"哗——"的一声巨响，喷了出来。像一条白色的柱子往屋顶上射去。水龙头的方向对准了四十面相。四十面棚从头到脚都被这像傍晚的暴风雨似的水浇得像落汤鸡似的，狼狈不堪。他急忙趴在屋顶上，而水越来越猛烈地喷到他身上。

五、天空中传来的怪声

看来，怪人快被从屋顶上冲下来了，底下五个消防队员摊开救命帆布，等待着，一待怪人落下，就接住他。

四十面相紧紧地贴在屋顶上，但是，他是一定会被冲下来的。难道怪人四十面相一定会被抓住了吗？他那么本领高强的人说不定还会耍出什么花招来呢。

这时，不知从什么地方传来了一种"嗡——"地奇怪的声音。当然，这不是消防年的马达声，也不是水从水龙头中喷发出来的声音，这种奇怪的声音，从黑暗的天空中传到地面。

这奇怪的声音越来越近，越来越响。

"嗡——嗡——"

是普通的飞机吗？不，不像。

"噢，是星星在飞，是流星吗？要是流星，不会这么慢吧。你看，一颗像星星似的奇怪的东西朝这边飞来。"

一个警察指着天上,向站在旁边的另一个警察说道。

"是,飞过来了,但不是星星,噢,是直升机,那声音是螺旋桨的声音。"

他们正说着,一架直升机已经清楚地浮现在他们头上的夜空中。

"嗡——"

螺旋桨的声音越来越大,以至底下人互相说话都听不清了。同时,从天上吹来了阵阵怪风。

"喂,瞧,那直升机停在屋顶的正上方了,是来救四十面相的!"

"是的。"

果然,直升机在二楼的尾顶上慢慢地旋转着螺旋桨,调整位置。

现在可以看到透明塑料做成的驾驶室的门,刷地一下打开了。驾驶室里出现两个小小的人影,其中一个从门里放下一个长长的东西。

"哎呀,是绳梯!直升机里的人要用绳梯救四十面相了。"

地上的人轰动起来,但谁也没有办法。绳梯放到屋顶的背面,四十面相向绳梯的方向爬去。

水龙头里的水依然喷向怪人的头,但已经不能把他冲下来了。四十面相抓牢屋顶一步一步地往上爬,最后,终于越过脊瓦,不见了。

"啊,他爬上去了,爬上去了,爬到梯子上去了。"

下面的人无可奈何地叫着,果然,直升机上的人是四十面相的同伙,他们从空中来救他了。

"喂,拼命地喷水!把那家伙从梯子上冲下来。"

中村警部声嘶力竭地喊叫,但很遗憾,水龙头的水喷不到

131

到梯子上，四十面相的黑影已爬到了直升机驾驶室的底下，他左手抓着梯子，右手在空中摇晃，发出一阵嘲笑。

"哈哈，哈哈，诸位，你们辛苦啦，伦勃朗的名画我领受啦，再见。"

他的话当然传不到地上，但他哈哈的笑声却传到大家耳朵里，大家还可以看到他后背上背着的卷成一卷的包袱皮内的伦勃朗的名画。警察们捶胸顿足，但无济于事。

这时，即使开枪，也打不到高空上的四十面相了。

"没办法，现在赶快和警视厅联系，请他派直升机去追赶他们。"

中村警部咬牙切齿地说，因为警视厅现在还有两架直升机随时待命准备应付不测事件呢。

中村警部马上叫来一个警察，可是，当他正要命令警察给警视厅打电活时，突然注意到一件怪事。

"怎么，那直升机不是警视厅的吗？咦呀，这究竟是怎么回事呢？"

果然，直升机上有明显的警视厅的标志。那么，警视厅的飞机怎么能来救怪人四十面相呢？真是不可思议。

或许是四十面相的部下从警视厅偷来直升机，来救他们的头头了。

中村警部感到莫名其妙，他呆呆地站在那里，茫然地仰望着天空。

六、第二架直升机

怪人四十面相从绳梯爬到驾驶室门口，抓住飞机扶梯，一翻身进去了。

"松下！"怪人喊道。

这时，驾驶室的人一边拉起绳梯，一边应了一声。

"什么事呀？"

"那个人是谁呀？"

"刚来的，我的助手。"

那个叫松下的人用一种奇妙的嘶哑的声音回答道，他戴着一顶鸭舌帽，竖起西服领子，不知为什么要把脸遮掩起来。

"怎么，你有这样的助手？像小孩一样，个子这么小。"

的确，这个助手个子很小，像小孩子一样，他也低下他戴着的鸭舌帽，穿着肥大的衣服，好像是一个穿着大人衣服的小孩。

四十面相稍露出惊讶的神情。但他现在只想赶快逃离这个地方，顾不得想那么多了。那个叫松下的人回到驾驶室，突然升起飞机，向东飞去。直升机的前面有像汽车一样的前灯，电灯只照到外面的机身，驾驶室里显得很昏暗。里面的人无法看清对方的脸。

"松下，你知道去什么地方吧？"

四十面相叮嘱道。

"去什么地方呢？"松下依然低着头，用嘶哑的声音反问道。

"什么地方？混账，不是已经说好了吗？奇面城。"

"奇面城？"

"是的，奇面城。喂，你怎么搞的，你在想什么呢？奇怪。"

"不，没有什么，我在想别的问题呢……"

"怎么？别的问题？喂，要小心呀，你现在正驾驶着飞机，思想开小差，要是把飞机掉下去，咱们就没命了。"

"是，对不起。"松下用嘶哑的声音老老实实地道歉。

天空布满了乌云，漆黑一团。但是，可以看到前方下面东京的万盏灯火像宝石一样闪烁着美丽的光彩。

"喂，松下，你今天晚上怎么搞的？方向错了吧？像刚才那样飞就行了，你怎么又掉过头来啦？"

刚才往东飞的直升机不知什么时候改变了方向，往西飞去了。

"我的头头，您不要说话了，现在气流不够，稍微绕个圈飞，直升机的事您就交给我吧。"

依然是奇怪的、嘶哑的声音。

"喂，你的声音怎么搞的？变样了，感冒了吧。"

"是的，有一点儿，不过，没什么！"

四十面相从刚才开始就对松下的言行很是怀疑，更为可疑的是，松下戴着鸭舌帽，把脸孔遮住，低着头，于是，一个可怕的感觉掠过心头。

"他是不是假的松下呢？"

就在这时候，他注意到右边的天空上有一个光点向这边飞来。那不是星星，天空中移动的光点，那只能是飞机和直升机。

不是普通的飞机，好像是和这个一样的直升机。

果然，那架直升机往这边飞来，现在已经看到透叫的驾驶室了。并且看到驾驶室里的人影晃动。那架直升飞机越来越靠近了，五十米、三十米、十米。

那架直升机开始和这架并排，齐阳曲飞：可以隐隐约约地看到那架直升机驾驶员的脸了。

"怎么？那不是松下吗？"

四十面相这一惊，非同小可，他再回头看看自己旁边这个松下的侧脸，不对，不对，这不是我的部下松下，这家伙在我危险的时候来救助我，我就以为他是我的部下了。我的部下里面，除了松下以外，别人都不会开直升机，所以我把他当作松下。

可是，他不是松下，旁边飞机里的才是松下，那么，他是谁呢？

"喂，你不是松下！"

四十面相用拳头捅着驾驶员的肋骨，大声地喊道。

七、驾驶员的真相

叫作松下的这个人这时才抬起头，瞪着四十面相。

"我不是松下是谁？"

"什么？你是谁？！"

"安静，别动！我正驾驶着飞机呢，搞不好大家同归于尽，你知道吗？你身后正有一个硬东西捅着你呢，那是手枪，那拿着手枪的小个子是我的助手，看守着你呢。要是不老实，就要你的命！"

"混账！你究竟是谁？是我的同伙还是敌人？看来不是同伙，那么，你刚才为什么要从屋顶上救上我呢？"

"不是救你，是逮捕你的，而且现在马上要把你送到警视厅里去。"

"那么，你是警视厅的人了？"

"也不是，喂，四十面相，你认不出我来了吗？"

驾驶员说着，从口袋里取出沾有去色剂的毛巾，往自己脸上擦，擦掉了化妆的油彩。

"哎呀，你是明智小五郎？"

"哈哈，你终于认出来了，哼，我再告诉你吧，你后面，用手枪捅着你的是我的小助手小林。"

读者们，你们想起来了吧，当四十面相爬在屋顶上时，明智侦探和少年小林不知跑到哪里去了,这在前面的一章我们已经说过了。其实,他们悄悄地离开,去警视厅借了一架直升机,开到神山住宅的上面。

明智侦探不仅会开汽车,也会开飞机、直升机,作为一个名侦探,必须要掌握各种各样的本领。明智从少年时代开始,就是一个全能的体育运动员,当时,他也练习开飞机。

"喂,四十面相,你好不容易才越狱逃跑,可是又这么快地被逮住,这真不像是昔日的你呀!"

哈哈,其实我早就知道你有直升机,所以,当你逃到西洋馆高高的屋顶时,由于那是一座孤立的房子,所以我马上想到你事先会和部下商量,让他们用直升机来救你,因此,我赶快带着小林君,到警视厅化了妆,借来了这架直升机,赶在你的部下前面,升到屋顶上来。

其实,一眼就可以看出,我这架直升机和你的直升机外表不同,因为你被水冲得晕头转向,惊慌失措,一看到有飞机来,你就以为是自己的了。也不仔细地看看,就爬上来,痛痛快快地上了我的圈套。

现在旁边那架才是你的飞机,那驾驶员才是你的部下,他因为晚来一步,使得自己的头头被别人绑架了,他们追着我们想惊吓我们,可是,我这飞机里面坐着你,他无法开枪呀。

松下大概也不知道该怎么办才好,只是这样地跟着我们,说不定他也要和你一样,落个被逮住的下场。哈哈……

现在,我要通知警视厅,说你已经逮住了,也好让他们高兴,你也听着我通知吧。

明智说完,就取下驾驶室前面的无线电电话耳机,呼叫警视厅的无线电话室。

"这里是空中巡逻机二号,现在开始报告,我们已经在神山住宅西洋馆房顶逮住了怪人四十面相，现在在押往警视厅途中，过十分钟后，将在日比谷公园广场上降落，请在降落地点配备几名警察。"

明智又对着耳机重复了一遍，对方传来"警视厅知道"的答复。

"四十面相，我还要告诉你一件事，你大概满以为你肩上背的是伦勃朗的名画吧，其实你错了，你打开包袱皮看看。"

听明智这样一说，四十面相露出一幅吃惊的表情。随即，战战兢兢地取下包袱，摊开。当他看到那张画时，不由得叫了一声。

瞧，伦勃朗的名画不知什么时候被一张根本无法与之相比的拙劣的风景画所代替，四十面相呆若木鸡。

明智侦探得意地哈哈笑了起来。

"哈哈……你完全失算，你好不容易盗窃来的画，原来是张一文不值的假东西，你满以为是来救你的直升机，其实是警视厅的巡逻机，而且驾驶这个飞机的又恰恰是你最怕的老对手明智小五郎我呀。哈哈哈……"

八、光的暗号

"哈哈……"

四十面相不服气地大声笑了起来，像他这样的强盗，绝不会因现在这样的处境而气馁。

"明智，你呀，不愧是一个名侦探，我被你暗算了。请问，伦勃朗的画什么时候被你这大煞风景的风景画替换了呢？这一点我倒没注意到。我从镜框上把它取下来的时候，的的确确是那张名画呀，明智君，你能否把你是如何替换的秘密告诉我呀？"

明智笑道："你不是个魔术师吗？连我略施的一点小计你也不知道呀。现在用手枪对准你的那个穿着大人西服的小个子，实际上是我的助手少年小林，就是他，拿着这张风景画的画卷，躲在神山先生美术室里的书架后面，当你打碎石膏像钻出来，从镜框里把伦勃朗的画取下卷起，放在地板上时，他从书架后面偷偷地伸出手，用风景画把这画给换走了。小林君的魔术也是相当高明的，哈哈哈……"

"是吗？这次我上当了。你那个小不点助手不可小看呀……可是明智君，你现在将怎样处置我呢？"

"你不是已经知道了吗？我刚才用无线电和警视厅通了电话，此刻，日比谷公园的广场上，许多警察正等待着你的光临呢。飞机一降落，我就把你交给他们。"

就在明智讲话时，四十面相偷偷地用左手干了一件奇妙的事。从口袋里取出一个小小的手电筒，神不知鬼不觉地朝透明驾驶室的旁边的窗口咔咔地闪亮几下。明智侦探和小林都没有发现。旁边是四十面相部下的飞机，那架飞机和明智驾驶的这架飞机并排往前飞着，四十面相是不是用手电筒的光向那架飞机发出了信号呢。

"哈哈，这么说我四十面相又要被扔进监狱里去了。怪可怜的呀。可是明智君你道高一尺，我魔高一丈呢。别看现在我被你逮住了，但不知你是否能真的把我扔进监狱呢，咱们就等着瞧吧……"

四十面相不服输似的唠唠叨叨个没完，这大概是为了转移明智和小林的注意力吧。不一会儿，四十面相部下的飞机掉转方向向后飞去。又过了一会儿，明智驾驶的飞机也靠近了日比谷公园的上空。

这时,广场高高的柱子上已安装了照明灯,可以看到底下有十几个身着制服的警察围成圆圈,他们身后有一群穿着西装的人,大概是记者。其中还有人拿着照相机呢,众多的记者大概是专门负责采访警视厅的记者,听到四十面相被逮住的消息后赶到这儿来的。

明智驾驶的直升机到了广场上空后,徐徐降落。飞机越来越接近地面,现在,广场上的一切也越来越看得清楚。那一群人并不全是新闻记者,也有围观的人,虽然已过半夜十二点,但不知从什么地方跑来许多围观的人。而且越来越多。

警察们为了使直升机便于降落,竭力地拦住人们向中间涌来。飞机还是很难降落,在广场上空又停了五分钟。

终于,明智使直升机慢慢地往地面上降落。在接近地面的瞬间,螺旋桨扬起旋风般的大风,顿时,飞机周围飞沙走石,使得周围的人群都闭上眼睛,向四面逃避。

人群散开后,飞机好不容易地降落下来。可是逃避的围观者和新闻记者又涌到飞机旁边,立刻,驾驶室旁边成了一片黑压压的人海。

九、扒手源造

直升机驾驶室的门一打开,警察们就一拥而上,抓住四十面相的手把他拖出来。但正当要给他铐上手铐时,一直老老实实的四十面相,突然猛地挣脱警察的手,一下子钻到后面的人群里去了。

警察们啊地喊了一声,急忙扑过去。

还好,四十面相所钻进的人群都是记者。

"畜生,你还想逃跑!"

"警察，他在这儿，赶快抓住他！"

记者们大声地喊叫，把身穿黑衣服的四十面相又推到了前面。

拿着手铐的警察一步跨上前，咔嚓一声，给四十面相铐上了手铐。

这回他再也逃不掉了。在十几个警察簇拥下，四十面相老老实实地乖乖地被往警视厅的方向推去。

不一会儿，他被带到警视厅的地下调查室。他对面巍然地坐着搜查一科的中村警部。中村警部过去常吃四十面相的亏，对四十面相恨之入骨。

"这回，你再也逃不掉了！"中村警部用一种可怕的目光瞪着四十面相。

警部的旁边坐着明智侦探和小林。四十面相在两个警察的看守下，茫然地站在那里。

"喂，四十面相，你的本名远藤平吉。"

"你好不容易越狱逃跑，可是又被逮住了，你太不中用啦！"

中村警部得意地说。

"怎么？四十面相……远藤平吉……"

穿黑衣服的怪人好像丈二和尚摸不着头脑似的，颇感好奇地问道。

"奇怪。"小林很快地注意到了，捅了一下明智侦探的膝盖。

"怎么？他好像不是四十面相？和刚才直升机上的那个家伙外表不一样。"

中村警部因为过去从来没有和四十面相像这样面对面地坐着，所以他无法辨别。

"远藤，你老实交代，你的化名是四十面相吗？"

中村警部怒吼道。

那人直愣愣地站在那里。

"哪儿的事呢？我不是四十面相，我怎么会遇到这么不幸的事呢？在日比谷的树林中，有三个人把我抓住，让我穿上这一身黑衣服，之后又把我揪到广场上的人群中，推到警察面前，他们为什么要这么干，我可一点也不知道啊！"

穿黑衣服的人满腹牢骚地嘟哝着。

情形确实可疑，他的语气也和四十面相完全不一样。

"你想蒙混过关是办不到的，难道你还敢否认你是四十面相吗？"

"是的，您看看这张纸吧，那三个人还把这张纸塞到我口袋里，对我说：'到审讯室的时候，把这个让警察看看……'"。

那人说着，从黑衣口袋里掏出一张纸，交给警部，警部一看，上面用铅笔写着这样几行字：他是扒手源造，四十面相的廉价替身，不过，为你们抓了一个扒手，请暂时收下吧。再见了，警视厅诸君。

读罢，中村警部面露畏惧神色，瞪着这个人：

"你是源造吗？"

"是的，我是源造。"

这个人平静地说。

中村警部向旁边的一个警察耳边低语了几句，那警察马上走出审讯室，不一会儿，他领一个身穿西服的人走了进来，这是专管小偷案件的刑事，刑事走进房间，看到黑衣服的男人，就喊起来了：

"喂，你不是源造吗？你又偷东西啦？你究竟还想蹲几次牢狱呢？"

他大声训斥几句后，对中村警部肯定地说："警部，这就是有过七次前科的有名的惯偷。他叫源造。"

四十面相果然诡计多端，刚才四十面相从飞机上被揪下来时，甩掉警察的手，钻到新闻记者的人群中，随即记者们把这家伙推出来，他们是在那瞬间换了人的。

　　"也就是说，那些记者是四十面相的部下化妆的。他们先抓住了这个源造，在那儿等着，因为这源造的脸形有点儿像四十面相，而且也穿着同样的黑衣服，加上在那种混乱的黑夜里，警察们就没注意到已经换了人。"

　　即便如此，明智侦探还想不出四十面相的部下们怎么会事先知道直升机要在日比谷公园降落呢？读者们，你们是知道的吧，明智侦探的飞机在天空中飞的时候，四十面相部下的飞机也贴着他的飞机飞着。当时，四十面相掏出手电筒，向旁边的飞机里发出了信号。

　　四十面相的部下接到信号后，马上飞到什么地方着陆，用电话通知同伙，让他们赶快到日比谷公园去，作好准备，在广场上伺机行事。

　　明智又接着说明道：

　　"那里是黑压压的人群，真正的四十面相一下子不知躲到什么地方去了。化妆成记者的他的部下们，如果准备了斗篷或者大衣，罩在四十面相的身上，因为是在夜里，四十面相就可以轻易地逃之夭夭了。"

　　"噢，是吗？把新闻记者们全部给我叫到这里来。"

　　中村警部大声叫道。一个警察赶快跑出审讯室，不一会儿，大批新闻记者走进了屋子。

　　"是谁在公园的飞机旁边把这个人推出来交给警察的？"

　　警部问道。

　　记者们面面相觑。其中一个人答道：

　　"那些人不知是谁，反正不是报社的。我们记者之中，有六七个这样奇怪的人呢。是他们把这个人推出来的。"

"嗯,那么说他们是事先策划好了。可是,真正的四十面相逃到什么地方去了,你们谁发现了没有?"

被警部这样一问,记者们吓了一跳。

"怎么?他不是四十面相吗?"

"是的,我们失算了。嗨,对不起,我们被捉弄了。"

中村警部稍显羞愧地说明。看来,警视厅确实吃了大亏。但是,明智侦探和小林神态自若,他们好像不感到失望似的……为什么?因为,他们并不就此罢休。四十面相有绝招,他们更有妙计。

十、口袋小和尚

直升机在日比谷公园的广场上着陆。飞机下围着着叽叽喳喳的一群人,他们大都是记者,里面还混着三个小孩子。孩子们衣服褴褛,浑身脏兮兮的,其中一个像幼儿园的孩子似的,个了很小,大家叫他"口袋小和尚"。三个孩子是接受小林的命令来的。他们都是流浪儿。后来,大部分观众离开了公园,三个孩了分散到人群中,像松鼠似的钻来钻去,警惕地注意周围的动向。小林交待他们密切注意四十面相的动向,如有可疑,即向小林汇报。

他们在登上直升机前就计划,一旦抓住四十面相,即将之带到日比谷公同广场。所以小林就预先通知流浪儿,要他们赶到日比谷公园。流浪儿们反正无所事事,可以在公同长时间待命。三个小孩中数"口袋小和尚"最为机灵伶俐,由于他个子小,在人群中可以自由地穿行。

"哪个家伙,在我的大腿旁像泥鳅似的钻过?"

有人喊道。"口袋小和尚"吓了一跳，急忙钻到另一边，躲了起来。

就这样，钻来钻去，"口袋小和尚"见到一个可疑的人。这个人穿着大衣外套，头戴鸭舌帽，把脸深深地埋在帽子里，站在四、五个记者中间，"口袋小和尚"从他脚旁穿过时，看到此人奇特的怪相：没穿裤子，像马戏团的演员似的，仅裹着黑色的衬裤。

"真怪呀，这个人。""口袋小和尚"想着，紧盯跟着他。就在这时，人群中出现一阵骚动，四十面相被从直升机上放下来。

就在刚一落地瞬间，突然，四十面相甩开警察的手，飞钻进人群中。紧接着，有四五个记者模样的人拉着跑到跟前的四十面相的手，跑到那个怪模样，着黑大衣的人跟前，那人很快脱下大衣让四十面相穿上，又脱下鸭舌帽，戴到四十面相头上。脱下大衣和帽予的那人，此刻与刚才的四十面相一模一样，细看他的脸，和四十面相似乎相像。

这些新闻记者似的几个人又把刚才脱下大衣和帽子的那人，推到人群面前，"是这家伙，是这家伙，他想混到人群中。"他们大声喊着，把他交给警察。这个人与四十面相相像，又着同样服饰，警察未能认出是冒牌货，就将他铐上手铐，带到对面去了。

记者和部分起哄观众跟随警察后面走了，大部分观众陆续散去，公园顿时变得寂静。

头戴鸭舌帽身着大衣的四十面相很快地走到公园一个角落，钻进茂密的树丛内，躲了起来。

"口袋小和尚"担心四十面相离开自己视线，就悄悄地跟在他后面。因为是小个小孩子，并不引起四十面相的注意，何况袖珍孩是个盯梢能手，当然他也不会引其他人注意的。

"口袋小和尚"急于要通知明智先生和小林。可是没有机会，四十面相已朝着直升机相反方向逃去，如果赶回去通知，恐被四十面相逃之夭夭了。"口袋小和尚"想让一起来的两个小伙伴回去通知，可是，他们不知道跑到哪里去了。

十一、奇怪的化妆

四十面相躲进树丛中，那里藏着一个四方形大箱子，这是他命令部下放在那里的化妆箱。四十面相取出手电筒，打开箱子。箱子内塞满西服衬衣等，他伸手从箱盖后的袋子里取出镜子和一个小盒。盒了里装着画脸的笔、假胡子等化妆道具。

随即，他盖上箱子，在箱上竖起镜子，用手电筒照着脸，开始化妆。因为周围是茂密的树林，他不用担心手电筒会漏出去。

已经是深夜过十二时了，刚才在广场闹哄哄的人都已回家，此时，公园里静悄悄的，一个人影都没有，连刚才打扮成记者模样的四十面相的部下们也都不知道跑哪里去了。

四十面相从容不迫，优哉游哉地在化妆着。

他为什么选择在这样的公园里化妆？他穿着大衣，又在大衣下露出黑色的套裤，这样的扮相出现在街上，即使晚上，也会引起人们注意，可是如果坐上让部下准备好的车上，还是容易逃走的。

可是，他不这样做，而在这十分不便地方乔装打扮，总有什么缘由的。

四十面相在这里如此这般打扮，以为没人知道，可是一个小个子少年从树丛对面，透过树叶的空隙，正盯着他呢。

这个少年就是少年侦探队的伙伴"流浪队"的成员，他个子很小，小到好像可以装着口袋，因而大家给他起个"口袋小和尚"绰号。他是一个十分机灵敏捷的孩子。

如前所述，这个绰号"口袋小和尚"的孩子已经发觉真假四十面相被"掉包"了，就尾随真四十面相钻进树丛中。

"口袋小和尚"扒在树丛内，悄悄地目不转睛地盯着四十面相。

因为有重重的树枝叶，看不太清楚里面，可是，四十面相用了手电筒，"口袋小和尚"看清了他在乔装打扮。

四十面相毕竟是著名的化妆能手，他能打扮出四十种脸孔模样。

他的动作太麻利了……这会儿，他抬起头，从箱子里拿出一件黑制服穿在黑衬衣外，结上皮带，从肩挎着一个什么东西，戴上帽子穿上皮靴。化完妆，把刚才的大衣放入箱内盖起来，随即用手提着，从树丛里走出来。

"口袋小和尚"悄悄地躲在树丛另一边，这会儿，他看到一个警察了。四十面相把自己变成一个警察了！

多么奇妙的化妆术啊。警察的制服，警帽，配上从肩膀上斜挂下来皮带上垂钓着的一个手枪盒。无论谁看到，准认为他是货真价实的警察。

"口袋小和尚"不由地吓了一跳，这哪里是刚才的四十面相化妆出来的假货，明明是从什么地方来的真警察嘛。

听说四十面相是有四十个扮相的化妆名手，可没想到他拥有如此魔术般的化妆术。

这个提着手提箱的四十面相警察挺着胸大步地走着，"口袋小和尚悄悄地小跑步地跟在他后面。这个"警察"走出公园，向附近的警视厅走去。警视厅对于四十面相这样的人无疑是个可怕的地方，可是此刻的他若无其事地走近这地方。

一会儿，到了警视厅的大门，大门前宽广的石阶上站着警察。石阶前面停排着许多警车，即便是夜晚，警察们走来走去。

"警察"走到石阶前，他想什么了，竟登上石阶，四十面相疯了吧！随即他竟走进警视厅，走进警视厅的可是一个化妆成警察的大强盗呀，世上有这样的怪事吗？

四十面相举起手向站在石阶上的警察致意后走进警视厅大门，那个真警察一点也迟疑地举起手还礼。

警视厅每口进进出出的警察有几千人，不可能大家都相互认识，只要穿上警服，很自然都会被认为是自己的同伴。

假警察提着大提箱，也不必担心引人怀疑，因为不少警察也拿着同样手提箱进来的。假警察身影消失在大门时，"口袋小和尚"急忙跑上石阶向站在那里的警察大声喊道：

"警察叔叔，抓住那个家伙，那个手提大提箱的家伙，他是四十面相，我亲眼看到他化妆成警察的。快逮住他，……"

警察吃惊地望着这边，原来是一个脏兮兮的流浪孩，不认真理睬"口袋小和尚"，只摆手示意"滚一边去"。

"叔叔，他真的是大强盗，再不逮住他，他就会跑掉的。叔叔，您不知道四十面相吗？他可是令人可怕的大强盗呀。"

"口袋小和尚"抓住警察的手，拼命喊道。

"喂，走开，这是你来的地方吗？一个小流氓，还敢捉弄警察，你这小家伙，真是胆大包天！"警察用力甩开被抓住的手，"口袋小和尚"摔倒到石阶上。

"哎呀，好疼咧，叔叔，你干什么呢？"

"口袋小和尚"终于挣扎着站起来，摸着屁股，叫道："你不可以瞧不起小孩子。我不是骗你。真的，他就是四十面相呀。不快点逮住他，他可就逃跑了。"

"顽皮的孩子。我已示意你躲一边去了，你还……"

"啊，想起来了。明智先生大概来了，著名的侦探明智小五郎先生。喂，我是明智先生的弟子。我是儿童侦探团的流浪儿队，麻烦你去告诉明智先生一下，那样，你就知道我不是撒谎的了。"

这时，从大门走进身着警部补（日本警官职称之一）制服的一个警官，他听到"口袋小和尚"的喊叫声，走到跟前问：怎么了？

"口袋小和尚"心想，这位警察可能会听他的话，于是，请求这位警官命令站岗的警察，去调查室找明智先生。他可能在搜查一科中村系长那里。

因为是上司的命令，警察无奈地登上石阶，进到大门。

不一会儿，警察带着小林少年走到跟前，他和明智侦探一起在调查室里。

"啊！小林！"

"口袋小和尚"

两个孩子同时喊了起来。

"他是协助我们侦探的流浪儿队的小伙伴，是一个聪明孩子，他的话可以相信。"

小林作为明智侦探的助手，警视厅上下也知道他。既然，小林这么说，再不能将"口袋小和尚"的话置之不理了。

一会儿，小林和中村警部（日本警官职称之一）跑来了，听"口袋小和尚"讲后，迅速在警视厅开始大搜查。

警视厅有几百个房间，夜晚值班的警察很多，因而搜查非常麻烦。但所有房间总算搜查了一遍，没发现刚才那个可疑的警察。

他可能从后门逃跑了。可是，如果这样，他倒不如不进到警视厅，直接逃之夭夭，不是更好吗？四十面相究竟为什么扮成警察混进警视厅呢?

十二、警视总监

听说四十面相已被捕,日前正用直升机押送回警视厅途中,当晚,搜查一课课长堀口警视一直坐在课长办公室,警视厅内的搜索结束后,一位警察进办公室报告:

"课长,总监有请。"

"总监到办公室了?"

"听了有关四十面相的事,从宿舍来的。"

"是吗?我现在就过去。"

"课长,总监还交待让中村系长也一同过去。我去传达,可以吗?"

"好。你去传达。我先走一步。"

堀口到达总监办公室不一会儿中村系长也到了。

总监办公室宽敞豪华,大梨办公室放在办公室中间,身着西服的总监悠闲地坐在办公桌的大椅子上,因为是夜晚,总监没带秘书。

"诸位辛苦了。我听了四十面相的事,不放心,来厅里看看。怎么回事呢?"

总监说道。于是,堀口课长简单扼要地将今晚的事向总监介绍了一遍。

"这样说,你们被他耍弄了。明智君,你用直升机将四十面相押送过来,这干得不错。可是之后,就不敢恭维了。他虽然是化装的能人,可是也不能让他乔装成警察混到警视厅来呢。这真是警视厅的耻辱呀。你们真的要认真呀。这究竟是哪位的责任?"

"是我的责任。我的部下犯了过失错。"

"不，是我的过错。我是担当者。"

中村系长脸色苍白，低头道。

"连一个四十面相，警视厅都对付不了，这怎么对得起市民呢！要向市民赔不是。要认真工作。四十面相是一个怪杰，我们好像是他手里的玩具。

"我刚才想出一个对付四十面相的主意，我把这个主意写成了文字。实际上我是为了把这材料交给你们而来到办公室的。这就是我写的材料，一会儿你们看看。"

山本总监说着，从口袋取出一个信封交给堀口。之后，总监从椅子站起来慢悠悠地向门口走去，堀口和中村紧跟其后送别总监。

他们在走廊没走几步，见对面有两个人跑过来，是明智小五郎和小林少年。

"啊，是明智君！"

"总监，有事向您汇报。"

"向我……"

"是的。有要紧的事须马上汇报。"

"需要长时间吗？那，回我办公室说吧。"

"不，就在这里。总监，有件不可思议的事。竟然有两个警视总监！"

"什么？你说什么了？我怎么不懂？"

"其实，我也莫名其妙。刚才给您宿舍楼打电话找您，他们告诉我，山本总监正在房间睡觉呢。这究竟怎么回事呢？"

"怎么有这样荒唐的事？……"

"是呀。听了这话我也不相信，还请值班的叫醒总监接电话，我刚刚和总监通了电话过来的。"

"胡闹。别撒谎!"

山本总监满脸赤红地喊道。

"您大概清楚,这不是撒谎。"

"我?你说,我清楚什么?"

"两个总监中,其中一个是冒牌货。"

"冒牌货?"

"是的。你就是冒牌货!刚才我就想,四十面相为什么要化妆成警察,混进警视厅呢?而你呢,在这深夜,悄悄地出现在总监办公室,把堀口科长中村系长叫过来,我就感到奇怪。四十面相是一个很爱猎奇的家伙,是个好卖弄手段以博取人们惊讶为乐趣的人。辟如,他想窃取一件东西,却又明目张胆地预告物主,何时去偷取,然后绞尽脑汁耍手段去偷取,以使对方感到不可思议而惊讶。尤其,对四十面相来说,警视厅是最大最不好对付的对手,用什么手段能使这样的对手感到惊讶,这是何等刺激的事呀!四十面相一定是这样想的。

"四十面相化妆警察,这足以使人们惊讶了,可是,竟变成总监,人们将会怎么样?大强盗摇身一变成警视厅最高领导总监,这是何等奇妙的构想。"

明智说着,盯着对方。

"那么,你说我是四十面相啰?"

"是的,你就是四十面相。前不久,警视总监丢失了一套制服,一定是被你的部下偷走的。这次你将这套总监制服和警察制服装进这手提箱,你先化妆成警察混进警视厅后,找到一个空房间,换装上总监制服,乔装成总监进到总监办公室的。"

啊,多么不可思议的事呢!竟然将自己化妆成人人熟悉的警视总监,且惟妙惟肖,这只有能巧妙地化妆成四十张脸孔的化妆能手才能做到的啊。

那么，此刻被明智识破的四十名相又将耍出什么花招呢？

十三、虚幻的警察队

化妆成总监的四十面相，慌忙逃掉了吗？不，他逃不掉了。他身处警视厅办公楼中间，怎么能逃脱呢？此刻他哈哈哈大笑。

"不愧是名侦探！竟把我识破了。但是，我是四十面相，你要怎么样？"。四十面相冷静地说。

"当然，逮捕你！把手举起来！"

明智说话同时，旁边的中村警部刷地拔出手枪。警部身着制服，为防万一，在口袋里藏着手枪。

搜查一科科长，刚走出总监办公室，现在又进来了，用电话命令部下们迅速来总监办公室逮住四十面相。

四十面相举起双手，呆立在那里。此刻这个怪盗对着手枪口，无可奈何。就在这时，外面走廊响起紧促的哆哆脚步声，大约十几位身着警服的警察，跑了进步，团团围住四十面相，要制服四十面相。

中村警部无法开枪，因为周围都是警察，怕击伤他们。

正在对峙时，突然，四十面相见机，唰地拔出手枪，对着天花板"啪"的一声，开枪了。

咔啦，玻璃的破碎声，天花板上的电灯被击中，电灯灭了。这时，走廊还有几个电灯，一场可怕的战斗开始了。听到四十面开枪声，所有警察拿出了手枪。

呼、呼一连串的枪声，不知道是四十面相还是警察们开的枪。不过，随着枪声，走廊的吸顶灯，一个一个被击碎，四周一下子变得漆黑一团。

"抓住了，抓住了。喂，喂喂，帮助一下，拿出手铐，拿出手铐!"

"你干什么呢?"

突然,一阵殴斗声,有二、三人倒在走廊扭在一起,互相殴打。

"啊,他逃掉了。赶快追呀!"

"畜生,怎么能让你逃掉呢?已经抓住了,在这里,在这里。"

警察们拖着四十面相,往走廊对面跑去,渐跑渐远。

搜查一科科长和中村警部凭着声音追赶他们,可是,走廊的电灯已全部被击碎,四周漆黑一片,什么也看不清楚。

终于,追到走廊转角处,前面仍然漆黑一团。

他们停住脚步侧耳一听,奇怪,周围忽然变得鸦雀无声,静悄悄的。刚才闹哄哄的警察们消失得无影无踪。

小林拿来了手电筒,走廊里一个人影都没有。

十几个警察围着四十面相像幽灵似的消失了。

走廊是弯曲的一条道路,不可能跑到别的地方呀,是不是跑到房子里了?于是打开走廊的所有房间,用手电筒一一查看,全是空空如也。

"啊,糟了!"

从暗处传来,好像是明智侦探的声音,有一个像是明智的人影像疾步如飞似地向走廊对面走去。

搜查一科科长和中村警部全然不知道明智为什么喊着"糟了",往那边跑去,但是,不能直站在那里,只好跟在明智后面,向走廊那边跑去。

在走廊转了一圈后,到了一处有电灯地方,可以看清四周,仔细一看,明智正往这边走来。

"明智君,怎么回事?"

中村警部问道，名侦探显得疲惫似的，无奈道：

"我们被耍弄了。没想到，这家伙策划得如此缜密。"

"那么，那些警察呢？"

"他们都是四十面相的部下。首先，他们化妆成新闻记者，后来，也可能还是这些人穿上警服，化妆成警察的，当然也可能是别的部下装成警察躲在什么地方的。总之，一旦假总监被逮住，他们就会赶过来救助。他们假装来捕捉四十面相，而其实是帮助他逃脱的。走廊的那些吸顶灯不是被流弹击中的，是这些人为暗中救助四十面逐一地击灭走廊吸顶灯的。

他们一定是从走廊尽头警视厅的后门出去，然后沿着漆黑的道路逃走的。"我让守在后门的警察去追捕，可是，那些家伙一出了门，就分散开来，向四方跑去，实在难以抓捕，尤其，四十面相那样的化妆能力，瞬间可能了就变成另一人。"

哎呀，竟有这样的事？一个大怪盗化成警视厅总监，不仅如此，他还预先让部下们化妆成警察掩护这位假总监。这真是令人难以想象的事，难怪连明智这样出色的大侦探也没想到四个人面面相觑，这时，背后传来一阵脚步声，八、九个警察出现在他们面前。

他们是接到科长的电话，来到总监办公室前的。他们到达时，那些假警察已经从走廊转角处消失了。

由于走廊电灯不亮，四周漆黑，警察们无法疾进，以至时间过了很长，他们才到达这里。

中村警部无法斥责部下，因为都是自己过失所造成的，总之，他令部下们去追假总监。

十四、在手提箱中

先说，明智侦探向总监公馆去了电话以后，知道出现在警视厅的总监是冒牌货之前，小林和"口袋小和尚"一直跟在明智身旁。当看到明智和小林急促向总监办公室走去时，"口袋小和尚"却朝着另一方向走去。他想道：

"四十面相要化妆成总监，其化妆的衣服肯定是放在那手提箱内，为化妆，他一定跑到一个空房间内取出总监制服，乔装打扮后出现在总监办公。那么，那手提箱肯定放在什么地方，可能将之丢弃，不，他可能还要提回家的。

"如果把手提箱内的东西都取出来，小个子的自己一定能藏身在里面，而被提回其处，那样定能摸清其巢穴情况。

"好，试一试吧。即使被发现，那就被发现吧。难道会被他们宰了吗？"

"口袋小和尚"惴惴不安地想着，从一个空房间到另一个空房间，寻找那手提箱，终于在第十几个房间内，发现了手提箱。

"慢着，现在钻进箱内盖上盖子，会被窒息死的，必须在提箱皮上钻多多的小孔。"

于是，"口袋小和尚"从别的房间找到打书的锥子，回到放箱子的房间，关上门。他把箱里所有东西都拿出来放在房间的一个橱柜里，然后用椎子在箱外面不显眼地方扎了大约五十个小眼。

这些活，"口袋小和尚"大概花十分钟就完成了，随即他缩成一团躺到箱子里，然后盖上盖子。拉箱的盖子安有金属弹簧，合上以后，从内部就打不开了。

"口袋小和尚"是流浪儿，不怕吃苦。在箱子里把身体缩成一团，一动不动，他也能忍得住。

还有，箱子有那么多小洞眼，他呼吸自如，且可以清楚听到外面的动静，十分便利。

一会儿，房门被静悄悄地打开，不知道是谁蹑手蹑脚地走进房间里。"口袋小和尚"感觉这轻轻的脚步走进提箱旁时，突然，他的身体被颠倒过来。是谁把提箱提起来了。

"奇怪，这么沉的提箱呀？"

听到一个声音道。

"口袋小和尚"心呼呼直跳，他担心是不是引起这个人疑心。可是，这个似乎是四十面相的部下的人，大概不知道箱内放着什么，放心地提着箱，晃悠悠地出去了。

好像出了大楼，从这五十几个小洞吹进了外面凉凉的风。

约莫走了五分钟。

"喂，拿过来，打开……"

一个人小声道，接着，听到好像是门被打开的声音，提箱忽地被提起来，又被放下去。

"嗯，知道了。这是在汽车里。好啊，车一定开到四十面相的巢穴。"

"口袋小和尚"忘了自己身体缩成一团的难受，竟笑出声来。

"口袋小和尚"以为车就要开动，可是，车竟一动不动，就这样过了近三十分钟，对于"口袋小和尚"，这近三十分钟比二、三小时还长呢。

其实他不知道，这时候，那些假警察正护着假总监在假做声势，随即他们成功地从警视厅后门逃出去了。

这时候听到车门被打开声音，好像有两个人钻进车内。

"出发！快。"

"头头，我们还算顺利。那么现在去什么地方？"

"奇面城"

车开动了。这时候，没听到谁说话。"

他们要去的地方是一个叫"奇面城"的地方，"口袋小和尚"不知道这是什么地方，他没听说有这怪名的城镇。

可能这是高级轿车，只能听到丝丝发动机声，虽则如此，因为路况差，时时有可怕的颠簸，车驰约三十分钟颠颇更为激烈，可能往没有柏油的山路上爬。

"哎呀呀，还要跑很长时间呢。"

"口袋小和尚"心中不禁暗暗叫苦，身体的疼痛渐渐加剧，再这样下去，真的忍受不住了。

又跑了近一个小时，车终于停下来。"口袋小和尚"正心中高兴之际，提箱被从轿车上拿下来，好像又被装进另外的车里。

"这回是货运火车吧，如果再被装进火车十个小时，恐怕不能忍受下去了，不仅浑身疼痛，而且肚子饿得很。"

"口袋小和尚"内心叫苦，暗暗叹息。

这时候，忽然听到的声音，自己浮了起起来，他感到是在直升机里。

"没错，是直升机，听说四十面相有架直升机，一定是这架飞机。往什么地方飞呢？"

"口袋小和尚"不由得担心起来。

"先生，去奇面城吗？"

"已经让警视厅和明智那家伙吃了一顿被耍弄的苦头，我也想休息一星期。去赤面城吧。"

"谁也不知道我们奇面城这个秘密的家"

"是的，谁也不可能知道。我要把奇面城这个名字传出去，这是多么恐怖的名字，让他们听了毛骨悚然，仅此而已，绝不

157

让知道所在何处。是一个神秘的所在，哈哈哈……"

"口袋小和尚"想，这可能是四十面相和部下在对话。

"口袋小和尚"仅认识一些汉字，听到奇面城这个词不知道是意思。如果很懂汉字的人一定能想象出来。"

从"奇面城"的日语发音听，也可听成"鬼面城"，不管是奇面城还是鬼面城究竟在什么地方？这是多么奇怪的城呢？

"口袋小和尚"虽然不知道具体情况，"这多么恐怖的城市"这句话使他心情变得坏起来，再一想，自己被带到这恐怖的城去，该会遇到什么样遭遇呢，平时勇敢的"口袋小和尚"竟浑身颤抖起来。

约莫飞了近一小时，直升机终于在一个地方停下来。

听到机舱门被打开，人们下飞机声。提箱被提起来，又放到一个地方。

这好像是一个很寂静的地方，似乎很冷，从箱子眼钻进来的风凉飕飕的。

接着，转来转去，很长时间后，提箱被放到什么地方。

提箱好像不是被拿进普通的家庭，从空气一点也不流动看，这不是空旷的地方，"口袋小和尚"感到说不出来的可怕。

此时，"口袋小和尚"正担心提箱会不会被打开，而忐忑不安时，负责提箱的四十面相的部下，离开那里，周围一下子静得像墓地一样。

"口袋小和尚"蹲在手提箱内忍受了一会儿，感觉外面没有动静，从口兜里取出小刀，割开箱皮，伸出手拉开弹簧锁，打开箱盖。

外面静悄悄的，地狱般的寒冷阴暗。这究竟是什么地方？

十五、四十面相的图书馆

"口袋小和尚"从口兜里取出钢笔电筒,往四周照看。

这是一个四周是水泥墙壁的杂物间,各角落堆着破旧的木箱、桌、椅等家具。门在另一面墙壁上,"口袋小和尚"把耳朵贴在门上,外面没有一点动静,他转开把手打开门。

他悄悄地伸头往外张望,那里好像是水泥走廊。走廊天花板嵌着几盏小电灯,向四周放着昏暗的灯光,走廊徒有墙壁,没有装饰,如同隧洞。

"口袋小和尚"沿着走廊往右边而去,因为个子很小且走廊昏暗,一点也不被发觉。即便有人从对面走过来,"口袋小和尚"只要将身子紧贴在墙面上,也很难以引起对方注意。转过隧洞似的昏暗走廊,走十五米左右的地方,突然路被阻住了。这是一个大的岩石,像要不让过去似地立在道路中间。突然从远处传来哗啦哗啦的似流水声。

流水声是从岩石西侧大约二十厘米宽的缝隙里传出来的,从缝隙往里面看,岩石后面不远处有一个深不见底的洞穴,刚才那似流水声就是从这洞穴里传出来的。风凉飕飕地掠过脸。

"知道了。这底下有条河流过。"

在这几米深的山谷下,有河流过。所以,那不是洞穴,而是走廊成十字形的山涧。深深的山涧把走廊切断,一条河在它底下流过。

"这究竟是什么地方?没听过走廊中间竟是很深的山涧这样的房子。"

"口袋小和尚"感到可怕,浑身颤抖,急忙转身往原路走。

从原来的杂物间走过,向更里面走去,在转角地方有一道关闭的门。门里面有电灯,灯光从门隙中透过来,侧耳倾听,房子里有人在说话。"口袋小和尚"从门隙往里看。

令人惊讶的这是一个豪华的房间,有一排排闪闪发亮的玻璃架子,架子上陈列黄金佛像、精美的大壶、各式各样雕刻品、嵌着排排宝石的王冠、精致的项链……这些宝物闪烁着耀眼的光。从天花板垂下来的枝型大吊灯,有几百个水晶球,明亮的灯光映着满屋子的数不清的珍贵美术品。大吊灯下,是一个圆桌,其雕刻装饰十分精美,围着圆桌的是四把金色的椅子,有两个人坐在椅子上。一个是警视总监打扮的四十面相,另一个还是穿警服的部下,一定是这个部下刚才把装"口袋小和尚"的箱提进来的。

"什么时候这些展品,都会令人赏心悦目。怎么样?……这就是我的美求馆……东京博物馆大概也没有这么漂亮。

"哈哈哈,他们做梦也不会想到在这山中有一个四十面相的美术馆。不管是明智侦探,还是警视厅那些家伙,谁都不知道我的奇面城在哪里。

"虽然,我不止一次落在明智手里,但我咬口不提奇面城。我到处都有家,除了这里,其他地方,让他们知道也无妨。只有这拥有美术馆的奇面城,绝对不可让他们知道。"

四十面相得意地说,他那警察打扮的部下,以讨好的口气道:

"是啊,谁能想象,在树林深处又在逼真人脸大岩石下面有这样豪华美术馆呢。"

"头头,您真是选了一个绝妙的地方呢!"

"再说,我们这里还有那个面目狰狞的看守,即便有人靠近这里,看到,也会吓得逃之夭夭,可是,那看守见到我们,温顺得像只猫。哈哈哈。"

听到这些,"口袋小和尚"心中掠过一种恐惧感。

"说是这里在森林中,还有一个人脸形的大岩石……,可是,我现在就在这魔窟里呢。"

"那面目狰狞的看守究竟是什么?那个四十面相的部下说,对他们却像猫一样温顺,这大概不是人吧。"

房间内的两个人谈了一会儿各自回到寝室,"口袋小和尚"吓心里十分不安。

房问漆黑一团。"口袋小和尚"在门后放一块长木板,万一有人推门进来,木板落地,将会使自己警醒。之后,他把三把破椅子拼起来躺下去,不一会儿就沉入梦乡。

十六、巨人的脸

"口袋小和尚"睁开眼睛,屋子还是黑的。这不可能呀,可能已经天亮了,于是他好奇地环顾四周,原来屋子没有窗户。再看看门口,昨晚立的木板依然放在那里,可见没人过。他感到肚子饿了,这里可能有厨房,为寻找食物,他悄悄地走出屋子。走廊和昨晚一样,灯光还是昏暗,一点阳光也没有。奇面城据说是用岩石建成的,那么这儿就是洞窟了。

"口袋小和尚"从昨晚见到的美术馆门通过,往里面走,这时他闻到一股肉香味。

"是烤肉的味道,这里一定是厨房。"

他往肉香飘过来的方向走过去,看到一个敞开的门,从那里飘出一股白色的蒸气。"口袋小和尚"悄悄地往门内瞧去,果然是厨房。一个穿着工作服的厨师正忙碌烤着牛排。烤牛排的吱吱声,美妙的香味,令"口袋小和尚"差一点流下口水。他躲在门后面,耐心等待厨师出去机会。大约二十分钟后,厨师停止烤肉，匆匆走出门，他可能去洗手间。

"口袋小和尚"，为不被发现，迅速闪进门更里面，贴在门板后。看着厨师走过去，他迅速跑进厨房，拿起一块烤肉加上面包土豆用餐巾包起来，像松鼠似地溜了出去。在回到杂物间的途中他看到一个着绛紫色毛衣的大个子向这边走来，是四十面相的部下，"口袋小和尚"急忙掉头跑回刚才的门后躲起来。大个子没发现"口袋小和尚"，他径自走进厨房，呼喊厨师，看到厨师进来，斥道：

"喂，赶快把早餐准备好。已经九点，耽误头头的散步了。你难道不知道，头头有早餐后去山中散步的习惯吗？"

"您别发火。您告诉头头，早餐已准备好了，马上拿过去。"

"好，马上拿过去。"

大个子离开后一会儿，厨师用盘子装上四十面相的早餐走了出去。见此，"口袋小和尚"悄悄地回到杂物间。他把餐巾铺在木箱上大口嚼起还热腾腾的烤肉，吃着面包，他有生以来，还没吃过这样美味食物。吃饱后，"口袋小和尚"走到走廊，顺着道，挨个从门锁孔窥视各个房间。昨晚的美术馆，今天空无一人。有一房间，四五个四十面相的部下在用餐。还有的房间，里面漆黑一片，什么也再不见。有一个房间就像小型发电厂似的，一个大锅燃着煤炭，发电机在转动。"是啊，这荒山僻岭，没铺电线的，这里用的电都是自己发电机发的，刚才吃的牛排好像是用电炉烤的。真让人吃惊，四十面相这些家伙还自己发电呢。""口袋小和尚"啧啧称奇。

他再继续往前走，终于找到四十面相的房间。从锁口往内看，这个房间布置得十分豪华，所有椅子，桌子，墙壁，窗帘都金光闪闪，是不是真的黄金，不知道，反正如佛坛内一样，金光灿烂。四十面相穿一件黑色天鹅绒，肩膀和胸前有嵌有金光闪闪的装饰，宛然是哪个国家来的将军。四十面相用完了带牛排的早餐，面前餐桌上摆着几个玻璃杯，立着各色洋酒瓶。四十面相旁边站着一个漂亮的女人，她穿着一件白色西服，戴着的珍珠项链闪烁着光。

"您出去吗？"

女人用温柔的声音道。

"是呀，早晨的散步不能忘呢？去树林里走走，有利于心情会变好。今天你也和我一起去散步吧。"

说着，四十面相站了起来。

"口袋小和尚"听罢，急促离开门口，找到一个暗处把身体紧贴在墙壁上，盯着门口的方向。门开了，四十面相和那个女人走到走廊，随即门又关上。两人亲密地向对面走去。侥幸的是，"口袋小和尚"丝毫没被觉察。他沿着墙壁，紧跟四十面相两人后面。两人朝厨房相反方向走去。

"奇怪呀，怎么往那个方向走呢？那条路不是给大岩石堵住了吗？"

"口袋小和尚"满腹疑惑地跟在两人后面。

两人走到大岩石面前，四十面相伸手往右边墙上一凹进的地方，按了一下，前面那大岩石顿时发出吱吱的声音，向后倒去。有两条大铁链吊着大岩石底下的铁板，可能有电装置，随着铁链的伸长，大岩石向后倒去。就像古城堡的吊桥，终于横倒下去，横倒在深深的山谷上。

四十面相和那女人跨过这大岩石的桥往对面走去。他们的前面是一个不抹水泥的岩洞，从岩洞望过去，亮堂堂的，原来阳光从洞口洒进来。两人走出洞口，停了一会儿脚步，"口袋小和尚"也过了岩石桥，很快走到洞口，悄悄地往外张望。那一带没有人影，两人好像已经往前走了很远。洞口外面是一块土石混合铺成的空地，其周围是茂密的森林。

"口袋小和尚"从洞里跑出来，在空地中间一个大石头后蹲下来，要是被人发现，那就很危险了。

突然"口袋小和尚"脸色发青，眼睛像要突出来似的，睁得大大的，是什么使他如此惊讶。

那么抬头看看吧。山洞上蹲着一个五十米高巨大的四方型岩石，这不是一个普通的岩石，而是一个巨大人头形的大岩石。

这块巨石，比奈良大佛还要大数倍，是一个难以想象的大人头。

它不是雕刻，是岩石自然的形状，可是令人联想是人加工而成的。

啊，这是令人恐怖多么狰狞的脸孔，是一张恶魔在狞笑的脸。一双直径足有十米的巨眼盯着"口袋小和尚"。张大的那尖利牙齿足有三米长的大口，似乎等待着一口气要吞下几百号人似的。

十七、恐怖的看守

那巨大石人脸前面是空地，空地上的一个角落停着一架直升机，"口袋小和尚"走到飞机旁，爬上驾驶舱，看个究竟。在驾驶椅后面放着一个筐子，这四角形的筐子是用帆布包着的，筐子里还掉着洋白菜的菜片。这个筐子可能是用来装从城里采购来的食物的。"口袋小和尚"看到这个大筐不禁笑出声来了，一个主意从他脑海掠过。

"好哇，躲进提箱送我来这里，我可要躲进筐子让他们送我回去，哈哈哈……我是一个神机妙算的孩子。"

他自言自语地说着，从直升机上下来，就在这时候，不知从什么地方传来一阵奇怪的声音。是鸟叫吧,在这深山密林里,说不定有什么可怕的鸟儿呢。

"口袋小和尚"不禁吓了一跳,从声音传来的地方望过去,空地上什么都没有,声音是从森林里传过来的。

他小心翼翼地走近森林,森林里都是几百年的树龄的树木,枝繁叶茂,望不到边。树干都缠绕着常春藤,如同电影所看的原始森林。这时候,又传来一阵怪声。

"口袋小和尚"想逃离这地方,但又不由自主地往树林里看,这时,他看到,五、六米远的昏暗林中的一棵树上吊着一个黄色的小动物在摆动着身体。

这不是鸟,是一个像猫的动物。那家伙的后脚被藤缠住,吊在树上。它想挣脱开藤子,扭动着身体,但怎么也解不开藤子。它像秋千似的,吊在树上,为了求救,发出那声音。

"口袋小和尚"想,要是猫,就没什么可怕了,想着,就走到树下。脚被缠住,吊在那里,痛苦地呻吟。真是可怜呀。"好,我给你解开,你等着。""口袋小和尚"踮起脚尖把悬空挣扎的猫抱在怀里,解开缠在它脚上的藤子。猫把头贴在"口袋小和尚"的怀里,一动不动,它得到救助而高兴撒娇呢。"口袋小和尚"抚摸猫的头,再聚精看着它,觉得这只猫的样子太奇特了。说是猫,脸很恐怖,身上还有明显的黄黑色相间花纹,很像老虎。说不定这就是一只虎崽子。这样一想,"口袋小和尚"怕了起来,而盯着自己看的放着蓝色光的眼睛变得恐怖了。

就在这时,突然传来"嗷嗷嗷"的声音,不是抱着的猫发出的,是对面的树林传过来的。

"口袋小和尚"吓了一跳,往树林望过去,只兄有一头黄色的动物从树干中间走过来,那黄色的身上有相粗的条形黑纹。

"啊!是老虎!"

"口袋小和尚"吓得一动不能动，迈不开步。

那家伙现在露出硕大的头慢吞吞地走过来。这是一头大老虎，可能是自己救助的这只小老虎的父母。

嗯，原来四十面相的部下所说的"恐怖的看守"是这个家伙。四十面相饲养这大家伙代替看家犬来守卫奇面城呢。

"口袋小和尚"吓得不知所措，心想这下自己有可能会被老虎吃掉的。他想逃，却迈不开步。老虎那闪闪发亮的眼睛盯着这边，"口袋小和尚"感到如同一道电从身上掠过。

老虎已经走到面前，"口袋小和尚"都可以感觉到老虎的气息扑面而来。虎崽子从"口袋小和尚"的手中跳下来，跑到大老虎跟前，老虎舐着小老虎，慈爱似地眯着眼睛。看来这是虎崽子的母亲。一会儿大老虎抬起头轻轻地叫了一声，看着"口袋小和尚"，那神情不像是要加害"口袋小和尚"而是表示"谢谢你，救了我的孩子。"

"口袋小和尚"虽然个子小但胆大，他看到老虎这种神情，放心了，他伸出手抚摸老虎的头。"口袋小和尚"想它是不是会咬住自己呢，可是老虎眯着眼睛，老实地站着，对恩人"口袋小和尚"有种依恋不舍的样子。

"你虽然外表可怕，但内心善良呀。好了，再见，我什么时候还会来的。"

"口袋小和尚"就像对人说话一样，他抚摸着老虎的头和脖子道。四十面相已经出来散步一会儿了，为了不让四十面相撞见，他急忙返回奇面城的洞窟。

老虎母子为送别似的，跟在"口袋小和尚"后面，慢吞吞地走着。走到洞窟前，又从什么地方传来"嗷嗷"的吼叫声。显然不是后面那两个老虎发出来的。在洞窟口入口处，并排着几个小的洞穴，吼叫声是从这些洞穴里传出来的。口袋小和尚吃了一惊，停住脚步，想难道还有别的老虎，此时突然从一个洞穴走出头大老虎来，看来是刚才那虎崽子的爸爸。

"嗷嗷……"这会儿大老虎全身走出来了，它又叫了一声。

后面的虎妈妈走到这头老虎跟前。靠近面对面，告诉虎爸爸什么似的。说不定告诉它："刚才他救了我们的孩子呢。"。两头大老虎以温和的目光朝向"口袋小和尚"。"谢谢你。"她们似乎这样说。

"口袋小和尚"看到两头可怕的野兽如此温和地注视自己，他大为感动，很想和这一家老虎玩会儿，可是又怕被四十面相发现。

十八、"口袋小和尚"之冒险

回到洞穴后不一会儿，四十面相和他的美女部下也回来了。

之后两天，"口袋小和尚"一直待在洞穴里，夜里他在杂物间睡觉，白天他小心翼翼地一个一个房间地窥看侦察，以调查四十面相老巢的情况。

幸运的，走廊昏暗，即便与四十面相的部下相遇，身材瘦小的"口袋小和尚"迅速躲藏，也不被对方发现。而吃饭呢，时不时地可以从厨房里偷拿可口食物，他这几天从没饿过。通过调查，他知道，四十面相的部下很多，但这个洞穴仅住着十一人（包括四十面相和厨师）。

要说用电，这里有煤，可以发电。可是住在这里的十一个人总是要吃用的，从哪里把食物和生活用品运来呢？这是人迹罕至的山，不能通车，与其让人把食物和用品爬山路背上来，不如让直升机运来更方便。那架直升机肯定是时不时地从这里飞出去，然后把食用品运进来的。

"口袋小和尚"在等待机会。要想回到东京，除此机会，别无他法。机会终于在第三天晚上来了。

"口袋小和尚"偷听到，四十面相命令两个部下用直升机从城里把食品运回来。受命的两个部下为了准备，随即走出洞穴，"口袋小和尚"悄悄地跟在他们后面。因为是夜里，洞外漆黑一片，两个部下拿出手电筒走到飞机旁，他们是做准备让飞机在白天随时都能起飞。

"口袋小和尚"想趁两人没有登上飞机前，钻进驾驶座后面的帆布袋里。

但是即便是黑夜，跑到两人前面，难免很快被发现，"口袋小和尚"必须想出切实可行的办法。聪明的"口袋小和尚"离开两人迅速钻进旁边的树林，随即大声喊叫：

"呀，救人哪，救人哪。……"

四十面相的两个部下吓了一跳，这是一个人烟罕见的森林，他们不能置之不理。他们慌忙跑进森林，在发出救声的地方寻找。

见此，"口袋小和尚"跑出森林，迅速爬上直升机，等到二人满头大汗走出森林时，"口袋小和尚"已钻进驾驶座后的筐内。因筐是用帆布包着，在筐内结上开口，从外看，似是一个大包袱，在里面的"口袋小和尚"不必担心被人发现。

"明明是人的呼救声。"

"是呀，我也听是人的呼救声。可是，也说不定是鸟的叫声呢。这座山有一种怪鸟，是可模仿人声音的怪鸟。也可能，我们听错了。这里不可能有人来的。"

两个人一路上嘟嘟囔囔地说着，爬上飞机坐上驾驶椅。直升机开始转动。

一会儿，感觉飞机浮起来，逐渐加快速度，不知往什么地方飞去。

飞机大约飞了一个小时，飞速减慢，机身下落，在一个地方着陆。

"口袋小和尚"被蹲在筐里，不知道这是什么地方。

"喂，看到没有，装货的车在那里等着呢，把筐子拿下去。"两人把包着帆布的筐子，拖到驾驶座旁的入口处，下了飞机后，又将筐子拖下来。"咚"的一声，筐子重重地摔到地上。

蹲在筐子里的"口袋小和尚"，头、肩、腰重重地撞在筐内，虽然十分疼痛，但他不能发出声来，只好紧咬牙关，忍住了这激烈疼痛。

"口袋小和尚"顾名思义，身小体轻，他蹲在筐子里，仅使筐略重一点，四十面相的两个部下，毫无觉察，他们做梦也没想到筐内躲着人。

把筐子放在地上后，两个人向对面的货车走去。

"口袋小和尚"悄悄地从筐内打开帆布口往外看。

外面天色已黑，周围看不到有什么房子，这里好像是离开城市很远的荒原。在离飞机二十米左右的对面，可以见到有一辆汽车的黑影，两个部下站在车旁，不知在说什么。

"就现在了。"

"口袋小和尚"打开帆布口，钻了出来，重新结好布袋口，匍匐着离开飞机。

四十面相的两个部下全然不知道这孩子的存在，他们让司机帮忙从车上卸下一个个箱子，一包包纸袋，这大概是诸如罐头、肉、蔬菜等等。

"口袋小和尚"扒躺在草丛里，望着这一切。

一会儿，两人将帆布包的筐子放上飞机，和司机告了别，坐到驾驶座。

飞机轰隆隆轰隆隆飞上天空，那运货汽车也开起车灯，驰向对面公路，消失在黑夜中。

"口袋小和尚"终于离开了四十面相的部下，终于脱离了险境。当务之急，他必须尽快回到东京向明智侦探和小林汇报，让他们率领大批警队，奇袭奇面城，抓捕四十面相。

通过整整整两天的侦察，并偷听四十面相他们的谈话，"口袋小和尚"大概弄清了奇面城所在的山和所在位置。

眼看对奇面城的总攻击就要开始了，明智侦探将会想出什么谋略，而四十面相又会怎么样对付呢？千变万化的智慧和力量的较量就要开始了。

一想到这里，"口袋小和尚"激动不已。怪人四十面相的老巢，那令人恐怖的奇面城，究竟在什么地方，世上除了我知，谁都不知道，"口袋小和尚"感到无比高兴。

飞机和汽车已消失得无影无踪，"口袋小和尚"这才放心地站起来。他穿过空地，走到似是国道的路上，在夜色中往刚才汽车停车的方向走去。

十九、秘密会议

"口袋小和尚"在昏暗的街道上，走了一个多小时，终于来到一个大镇，琦玉县T镇。

"口袋小和尚"躺在T镇汽车站的长椅子上过了一夜，乘着早上第一趟长途汽车回到了东京他身上带着300日元，刚够买回东京的汽车票。

回到东京，他马上去明智侦探事务所，向明智和小林详细汇报他的经过。"'口袋小和尚'你不简单呀，立下大功。"小林大声欢呼。明智侦探抚摸着"口袋小和尚"的头说："哪个成人都建不了你这个孩子的奇功伟绩呢。长期以来，谁都不知道奇面城这地方，我也根本没想到过有这么一个地方。可是你，一个孩子凭自己的智慧和力量，发现了这地方。警视总监一定会奖励你的。

"好，我们马上去警视厅，向总监详细汇报，商量如何攻佔奇面城。"

明智说着，拿起桌上电话筒，给警视厅中村警部电话，请示要求见总监。一会儿，中村回电话了告诉，总监和搜查课长在等着他们。明智和小林即刻带着"口袋小和尚"，驱车前往警视厅。

不到二十分钟，在警视厅总监办公室，大型办公桌正面坐着山本警视总监，他的前面坐着明智小五郎、堀口搜查一课长、中村警部，而"口袋小和尚"神情紧张地坐在明智智旁边的大椅子上。

山本总监对四十面相化装为自己愚弄警视厅十分生气。为保守此案之秘密，决定把会议地点设在总监办公室。

"噢，你就是"口袋小和尚"？你干得好哇，我要给你重重奖赏，你知道奇面城的地点？"

总监寻问"口袋小和尚"道。

"是的，我藏在奇面城里的时候，偷听到四十面相的部下交谈后知道的，是在叫甲武信岳的山里。那座山北边是茂密的森林，林中有个可怕的岩石。"

接着，明智小五郎开始说明：

"甲武信岳是埼玉县和长野县交境的一座山。要采购食品等，只能在埼玉县的T镇，这是离那座山最近的镇。四十面相的直升机好像每隔二、三日日从奇面城飞到那里采购食物和日用品。"口袋小和尚"就是藏在那直升机里逃出来的。"

171

接着，堀口搜查课长漫不经心道：

"派一小队武装警察去包围奇面城。据"口袋小和尚"说，奇面城内包括四十面相在内仅十一人，一小队警察足够了。我们先用车送到不通车的地方，然后步行爬到山上。"

"这很危险，奇面城的周围一定有四十面相的眼线，爬山一定会引起他们的警觉，而采取更严密防护措施。毫无疑义，他们拥有手枪和长枪，甚至还拥有我们听不知的什么武器呢。如果正面攻击，我方定会出现伤亡，所以务必避免正面攻击。"明智侦探听罢，摇头，表示反对道。

"那就是说你有什么好主意呢。明智君，你说说。"山本总监道。

明智侦探把将椅子往前挪动，把胳膊支在大桌上，压低声音道：

"其实我想出一个策略。四十面相的飞机不是隔三岔五，要飞到T镇采购吗？我们何不加以利用呢……"

由于明智侦探压低声音，总监、搜查课长、中村警部都伸出头，头和头靠在一起，倾听明智的悄悄话。

"有意思，果然是明智式的手段。这种策略实行起来十分困难，但你有可能成功，有必要试一试。"

总监听毕明智的建议后，微笑着表示赞成。

"另外，中村君，能不能把你的部下三浦刑事借我用用。三浦是警事厅数一的化装能手。"

中村听了明智要求，满口坐应。

"没问题。三浦的化装的确高明，虽然化装不了四十个面相，但至少可化装十个面相，如果你能用上，我很高兴。"

之后，他们又讨论了三十分钟左右细节的问题后，结束这次在总监办公室的秘会议。山本警视总监从椅子上站起来，对明智道：

"明智君，我等待你的捷报，拜托了。"

说罢，总监握了握明智侦探的手。

二十、冒名顶替的两个人

"口袋小和尚"从奇面城逃出来的第二天夜晚，现在已经是夜十时之后了。

在埼玉县T镇郊外的寂静原野上，停着一辆和往常一样闭着灯的运货车。车上坐着两个人，一直抬头望着天空，好像在等待什么。

一会儿从远方天空传来一个东西轰隆隆的响声，那一点东西越来越大。是直升机。一会儿，直升机在不远对面着陆，捲起一阵风。

"吁、吁、吁……"

从这边汽车下来的一个人吹着口哨，是某歌曲的旋律。

"吁、吁、吁、……"

从对面走过来的一个人也吹着同样旋律的口哨应答，这可能是接头暗号。

两个人取下筐子放在汽车旁边。汽车的门打开了，车上人从车上把装着货物的箱子纸袋递给两个人，两个人将之装入筐内。

不到五分钟，东西已装满筐子。

"装好了。下次是十四日晚送货，还是这个时间，这是采购清单。再见。"

把下次采购清单交给送货人以后，两个人拿着装满货物回到飞机旁。

送货车随即开走，消失在宽广的街道上，就在这时，发生一件奇妙的事。

送货车刚走，不知从哪里又来了一辆一模一样的送货车，停在刚才的地方。

"吁、吁、吁……"

从车窗传来与刚才一样的口哨声。正在往直升机上装物品的两个人回头往这边看，刚才他们一直往飞机方向走，没注意到这部车是后来开来的。

"喂，叫我们呢。看来，还有什么忘记问我们的事？真麻烦，去看看。"

"好的。吁、吁、吁……"两人吹着同样的口哨，向汽车走去。当他们走到汽车时，汽车车门打开，车上两个人也走了下来。四个人面对面站在那里。

"啊！"

飞机的两个人不由得惊起一声，举起双手。原来他们看到汽车下来的两个人拿着手枪。

这时，在汽车助手席坐着一个小孩子，盯着这边。他就是"口袋小和尚"

"把手枪给我，腾出手把他们的衣服脱下来后，拿绳子将他们绑起来。"

从车下来的一个人说着，从另一人接过手枪，两手各持一支手枪。

"口袋小和尚"见此，从车上跳下来，帮助另一个人把直升机的两个人的衣服一件一件脱下来，将他们捆绑手脚，堵住嘴。

"很好，把这两个人装进汽车内。"

拿手枪的人说着，把两支手枪放到地上后，帮助另一个人和"口袋小和尚"。

接着，两个人开始化装了。他们打开化妆盒，用手电筒照着，模仿飞机的两个人的脸，开始化妆。

这两个人皆是化妆能手，瞬间，把自己化妆成与飞机的两个人如孪生兄弟似的相像了。

化妆毕，他们把脱下的西服往汽车里一扔，朝着车里的司机喊：

"出发吧。把这两个人送到警察署去，署长知道怎么处理他们的。"

听到后，司机即开动汽车出发回去。

从他们的交谈可以听出来，这是丁町警察署的汽车，司机也是该署的警察。

化妆成直升机四十面相部下的两个人和"口袋小和尚"坐进直升机，其中一个人坐上驾驶座，看来，他操纵直升机的技术高明。

二十一、在敌人的巢穴中

约一个钟头后，化妆成四十面相的两个人和"袖珍小和尚"的直升机在奇面城前的广场前着陆。"袖珍小和尚"记得四十面相的这两个部下的名字，驾驶直升机的叫贝奇，其助手叫五郎。

此刻化妆成贝奇和五郎的两个人，正把装货物的筐子从飞机上卸下来，准备运到奇面城去。

就在此时，不知从哪里传来了"嗷、嗷、嗷……"的可怕声音。

"哎呀！是老虎。"

"口袋小和尚"惊叫道。

"老虎?"假贝奇和五郎也都叫起来。他们也听说奇面城有老虎守门，但化装成四十面相部下了，就可以蒙混过关，殊不知，老虎是凭比其十分灵敏的鼻子，按人与人不同的气味，而不是凭外貌服装识别人的。

这两个人的气味，对老虎来说是陌生的，它们会怀疑这两人的。

透着微弱的星光，他们看到两头大老虎在十多米处往这边走来。

两位乔装者手持手枪，认为可以将老虎击毙。

但是如此一来，不仅枪声而且被击毙的老虎尸骸也会惊动敌人，如此，将造成功亏一篑之结果。现在唯一的出路是奔逃。爬到树上，也许能逃此一劫。

两人朝着老虎的相反方向拔腿就跑。

"呀！不能跑！"

"口袋小和尚"惊呼道。可是为时已晚，两头大老虎开始追扑过来。

这两个人忘记了一个常识，遇到猛兽，必须站住一动不动，这样一来，老虎也会站住望着这边，可是一跑开，它也就会猛追过来。此刻，如何跑得过老虎，其结果只能成老虎口中餐。

"口袋小和尚"脑海飞快运转。

"这两头大虎该不会忘记我吧？当初，我救助它们的孩子时，它们是那么高兴。好的，让我试试看。"

"口袋小和尚"下了决心，张开两个手臂挡住朝那两个乔装者扑过去的两头大老虎。危险！"口袋小和尚"就要被老虎踩扁的。凶猛的老虎跑了过来。

"呀！不好了！"

"口袋小和尚"想着，闭上眼睛。马上要被老虎吃掉或踩扁，""珍小和尚"心里叫苦。但是似乎什么都没发生。

这时，他感到有一股热气息吹到脸上，并且有暖暖的毛茸茸的毛皮一样东西在抚摸自己。

"口袋小和尚"感到奇怪，睁开眼睛。

他看到一头老虎站在旁边友好地看着自己，而一头老虎像撒娇似地，用柔软皮毛抚摸自己。显然它们没忘自己救助虎孩的恩情，抚摸自己的一定是虎妈妈，而站在那里的是虎爸爸了。

见此情景，两位乔装者十分惊讶。

"口袋小和尚，你真了不起，竟然能镇得住它们！"

假贝奇佩服地说。

"不是的。它们是在向我报恩呢。"于是"口袋小和尚"将前不久如何救助小老虎的事一五一十地告诉他们。

"是吗？你了不起，老虎也了不起。即便是兽类也是有感情的。"

假贝奇情不自禁地抚摸着"口袋小和尚"的头说。

"'贝奇'先生，你看，那就是奇面城。"

"是吗？果然，外形看起来挺可怕的。进奇面城吧。虽然老虎识破我们，但人类的鼻子无法识破我们，这点大可放心。"

三个人抬着装满食品的筐子，走进巨人脸型岩石下洞窟里。岩石渡桥的开关隐藏在洞口一暗处，这一点"口袋小和尚"早已知道。

按下开关，大岩石吊桥徐徐落下横在山峡上，三人随即进到四十面相的老巢里。

二十二、对付高个子

进到洞窟后，假杰奇和五郎径自走到四十面相房间，向他问候，四十面相丝毫没怀疑他们是冒牌货。

假杰奇和五郎可以蒙混过关,可是"袖珍小和尚"就不一样了,在奇面城内,这样小个子的孩子一个也没有,如被识破,后果不堪设想。

聪明的"袖珍小和尚"为了不被敌人发现,穿上特地在东京准备好的黑衬衫、黑裤子、黑子,套上黑覆面、黑手套,变成一个小黑人。

小黑人夜晚依然住在那间杂物室的角落里。吃饭他可以不用担心人,如果不从厨房偷拿,假杰奇和五郎也会按时送来他们自己份额的一部分给他。因为他浑身黑又是小个子在洞窟的走廊即使被四十面相的部下撞见,也难被发觉。因为走廊昏暗,小个子的他又是一个十分敏捷的孩子,他总能躲过四十面相的部下。

这样,过了两个星期。这期间,四十面相一直待在奇面城,什么地方也没有去。

在这段日子里,假杰奇两人五次驾直升机去那个T镇采购。除此之外,每次都悄悄运回一个伙伴,他们五次带回五个同伴住进奇面城。

可是奇面城的人数依然十一人,当然不包括"袖珍小和尚",他们都是四十面相的部下。新来的五人化装成四十面相的五个部下,若无其事地各司其职。这五人的化装术并不比杰奇和五郎的冒牌者逊色。

被五个新伙伴顶替的五个四十面相部下那里去了呢?他们肯定被假杰奇假五郎藏到什么地方了。

全身黑的"袖珍小和尚"如同掌握隐身术似地每日里在洞窟到处侦察,把所有秘密通道和装置弄清后报告假杰奇。可是在两星期后的一天,他因为疏忽,犯了一个大错。

"袖珍小和尚"就如老鼠似地在奇面城的走廊和房间穿来穿

去，从没被发现，他开始麻痹大意，于是这一天终于被四十面相的部下发觉了。

这一天"袖珍口袋小和尚"像往常一样，在走廊里走，开始他还是有警惕，瞻前顾后，后来他就放松警惕，而不顾后面了。就在这时，他后面，有一个高个子的四十面相的部下走过来，这高个子看到前面有一个小黑影子在走动，大吃一惊，以为是小妖怪。

这一身黑的小子突然回过头，黑蒙面的脸露出一双眼睛，突然伸出血红的舌头，似乎在向他打招呼。高个子吓得往退，但毕竟是四十面相的部下，不至于是胆小鬼而被吓得逃之夭夭。他稍定神又追了上来。

"不好了""口袋小和尚"惊叫一声转身逃跑。高个子也转过身扑了空，摇摇晃晃，险些摔倒。倘若赛跑，不用说高个子定能跑过小个子"口袋小和尚"的。他迈开大步紧追慌忙逃窜的小个子。但是他怎么也抓不到这小家伙，有时眼看就抓住小家伙，可是"口袋小和尚"就如泥鳅似地，从他的裤裆旁溜走。很快"口袋小和尚"就从走廊一个打开的门钻进去。高个子追进去，可是小个子躲在什么地方他怎么也找不到。

这是四十面相的更衣室，内有一排挂满衣服的壁橱。

高个子在这间房子里，怎么也找不到"口袋小和尚"。他站在房间中间，抱着胳膊想，这小家伙究竟躲到什么地方呢？

原来，就像他之绰号一样，他躲在一个口袋里。他躲在那一排衣服中一个大外套的口袋里。

当然即便个子小，那口袋也装不下"口袋小和尚"，他爬到大外套上，把两脚插到口袋里悬贴在外套上。

在昏暗的光线下，一身黑蒙面的"口袋小和尚"和黑外套浑然一体，高个子在检查橱柜时，又是将目光投入下面，故而，没发现"口袋小和尚"。

"奇怪呢，难道真是妖怪？"

高个子依然抱着胎膊自言自语。

"不，世上哪有妖怪？他一定躲在什么地方。我总感到这橱柜可疑。"

高个子又一次检查橱柜，这一回他用手摸着悬挂在橱内的一件又一个件衣服。

看来"口袋小和尚"难逃厄运了。

二十三、讨厌的地方

"口袋小和尚"两脚插在外套袋，屏息贴在外套上。高个子从第一件衣服开始摸，眼看就要摸到外套了。

高个子的手离外套衣服仅三件，二件，已摸到旁边了。现在已摸到旁边一件了。高个子的长手从外套领子开始，慢慢往下摸，已摸到"口袋小和尚"的头顶了。但高个子还没觉察到。当他从从脸、脖子、再摸到胸部时，终于感觉到，噢一声叫了起来。

"口袋小和尚"慌忙拔出双脚跳到地板上。

"好，你这小子竟然躲到这地方，看你往哪里跑。"高个子摊开两手，捉拿"口袋小和尚"。"口袋小和尚"在高个子两只手中像捉迷藏似地逃来窜进，让对方追得气喘吁吁。但"口袋小和尚"终于难逃身材比自己大四倍的高个子之手的。如此，他定会被拖到四十面相面前，被提审，甚至拷问。

如果经受不起起他们的严刑拷打，可能供出一切情况，从而使明智费尽心思制定的计划付之东流。而且自己躲进筐内潜入奇面城到今，经历的不知多少艰辛，如今也将化成泡影，想到这里,"口袋小和尚"真想痛哭一场。

"畜生,我终于逮住你了。"

高个子兴奋地叫起来,他的手紧紧地抓住"口袋小和尚"的肩膀,"口袋小和尚"眼看就要厄运临头了。

就在这时抓住"口袋小和尚"肩膀的大手,突然无力地松离开。

"口袋小和尚"感到奇怪,他抬头望着高个子。

他看到有只手用卷起来的白手帕紧紧地按住高个子的嘴。

这是另一个人的手,而高个子的两手无力地低垂着,全身软绵绵的。这另一个人用膝盖顶住橱柜,一只手用手帕捂住高个子的嘴,另一只抱住他,让他坐在地板上。

这时,"口袋小和尚"终于看清高个子背后的人,是假贝奇。

"啊,先生。"

"口袋小和尚"情不自禁地叫道。这一叫,立刻让人知道,化装成贝奇人的真面目了。

"这是一个多么危险的地方,当我看到你逃进这屋子时,就急忙把泡进麻药的手帕拿来,把这家伙蒙睡了。现在总算安全了。"

"对不起了,我麻痹大意了,对不起。"

"没关系。比起你的功劳,这算不了什么。不过,'口袋小和尚'这一回真的装进口装了,哈哈哈……"

假贝奇笑着道,随即认真地说道:"不过不能把这个家伙扔在这里不管,一会儿他醒过来向四十面相汇报,就不得了了。我看还是把他放到那地方吧。"

难道是桥下的万丈深渊!

扔到那底下必死无疑,明智侦探和警视厅的人不会干出如此残忍的事。

那么把他放到哪里呢?

"口袋小和尚"当然知道那地方了。实际上那地方当初是"口袋小和尚"发现的。

当初他潜入奇面城以后,在洞窟内侦察时,有一天,他迷失方向钻进这个地方。

那天他走到走廊尽头,钻进有一个似岩缝似的小洞穴,在里面越走越宽阔,走了将近十米的地方有个宽大约十平方米的洞窟。他用手电筒观察,发现这个地方似乎没有人来过。因为洞口狭小,未曾被四十面相的部下发现。

"口袋小和尚"向假贝奇和五郎汇报以后,他们决定将此洞穴纳入明智计划使用。他们夜里将入口处的岩石削去,扩大了洞口,又用一块活动岩石放在那里,在其周围堆上乱石块,让人看不到里面。

假贝奇走到走廊,没发现什么动静后,即背起高个子气喘吁吁地往秘密洞窟跑去,"口袋小和尚"紧跟其后。

他们总算安全地走进洞口。假贝奇推开洞口石头,钻进洞窟内后,用手把高个子拖进洞里。

进入洞口内,里面就宽敞了,高个子被拖进那间洞窟。这期间,"口袋小和尚"用手电筒给假贝奇照路。

洞内已有五个人,像芋头似地横七竖八地躺在地上。他们手脚被捆绑,嘴还被堵住,如今高个子也享受这同样的"待遇"。

由直升机前后运来五个警察化装成五个四十面相的部下,而五个四十面相真正的部下却被捆绑关在此处。

这就是明智侦探制订的策略,它得到警事厅大力支持,警事厅将警察中的化装能人调派到奇面城内。

二十四、巨人的眼睛

奇面城内除了四十面相和美女以外，有十个四十面相的部下。如今这十人中七人被调包，真正的部下仅剩下三人了。警察方已胜券在握。

总攻击即将开始。

假贝奇和五郎开着直升机到T镇和那里的警察所商量。

奇面城总攻击的时间定为明早。警方人数近五十人，东京警事厅由中村警部率九个人，地方警察出四十人，警队从山下四方登山向奇面城进攻。

其实不必如此兴师动众，假贝奇和五郎，还有五个化装成四十面相部下的同伴足可以抓住四十面相。可是四十面相是个怪侠，不知他还会耍出什么手段，奇面城说不定有还未弄清楚的机关呢，再说，也要防止万一被他逃走。为此，警方决定五十人围攻奇面城，而假贝奇等七人从内部接应警卧。

早上，总攻击开始了。

在洞窟豪华寝室里熟睡的四十面相被一阵急促的铃声吵醒，很快穿上嵌有金丝缎的天鹅绒上衣，跑到旁边美术馆，坐到黄金椅子上，然后摇铃召唤部下。

假贝奇推开房门进来。

"您有什么事？"

"我安排在山下的岗哨传来紧急铃声，据报告山下出现不少警察，一会儿他们会上来汇报具体情况，你跟我去瞭望岗去看看。"

说完，四十面相用钥匙打开洞口一小门，往里面走去。

原来这是个秘密小房，此时假贝奇才知道。

小房间仅三平方米，内有一个很陡的铁梯。

假贝奇跟在四十面相后面，爬上铁梯，在爬了约莫四米之后，有个供歇息的凉台，假贝奇跟着四十面相又从凉台的另一个铁梯往上爬，铁梯空间越来越小，最后到了仅一个人可以通过的石缝，又爬了几十米，最后到达顶部一个三平方米左右的小屋，明媚阳光从一个圆形窗户洒进来。

四十面相从放在窗台上的大望远镜往远处望去。

此刻，假贝奇也张大眼睛朝窗外望去。

奇面城的四边森林向远方延伸，一望无际，而眼下的广场，直升机宛若小玩具似地停放在那里。因为瞭望台如此之高，以至假贝奇感到目眩头晕，尤其窗户没安玻璃，人若不留神，丢下去毫无疑义将会命丧黄泉。

其实这圆形窗户是奇面城岩石巨人的眼睛，从这里眺望远方，一览无遗"第三岗哨的三吉正往这边跑来，肯定有什么重要情报要汇报"四十面相说着，把望远镜递给假贝奇。

假贝奇接过望远镜，看到三吉沿着林中小道，正往这边跑来。没有见到警察，看来自己人还未到达附近。

三吉往这边招手，看来他看到巨大眼睛中的四十面相了。

假贝奇想像三吉从奇面城下如何仰望这岩石巨人的眼睛的情景。

他看到奇面城这庞大的巨人型的岩石怪脸，在这怪脸的大眼睛里，身着金丝天鹅绒礼服的四十面相，俨然如哪个国家的国王，手持望远镜，眺望着远方，这么一幅多么奇妙的画景呢。

"好，我们下去听听三吉的情报。"

说着，四十面相开始下铁梯，因为铁梯是笔直的，爬下去更是困难。

两人好不容易到了梯子下去，这时了三吉已经到了眼前。

"头儿,不得了。警察已经从四面爬上来了。据其他哨所投告有五六十人,说不定有百多人呢。"

三吉气喘吁吁地报告。

"果然他们进攻来了。好,你们准备战斗,但不得杀人,枪要朝天放。知道吧。第一哨所到第六哨所共三十人,山上多少人,你们知道。对手是城里来的,不熟悉山上情况。好好动脑筋,把他们挡住。"

四十面相命令毕,让三吉回去。

二十五、最后手段

四十面相和假贝奇登上直升机驾驶舱,飞机一直处于随时待发状态。

假贝奇打开发动机,飞机螺旋桨开始转动。

但是不知什么原因,发动了几遍,发动机的发出异常的声音,假贝奇关上发动机。

"头,飞机出现故障,无法起飞呢。"

"怎么,故障?什么地方有故障?"

"我知道,但一时,修不好。"

"需多少时间才能修好?"

"三个小时。"

"混账。下去吧。只能想别的办法了。"

四十面相下了飞机急忙回到奇面城,假贝奇紧跟其后。

在石头巨人脸型脖子位置上排列着几个岩洞,其中一个洞住着三头守门的老虎。

由于老虎们很熟悉四十面相及其部下,所以这个洞穴没安铁栏栅,让老虎可以自由进出。

走进洞穴,看到两只大老虎正躺在那里,但任凭四十面相怎么吆喊,它们一动不动。那只曾经被"口袋小和尚"救助的那只可爱小老虎可怜地围着大老虎转来转去。

"睡着呢?奇怪。"

四十面相自言自语地说着,蹲下抚摸着一头大老虎。

"啊!身体凉的。死了!怎么回事?……"

他又摸着另一头大老虎,又是凉的。显然,它们在几个小时前就已经断气了。

"不是病死的。如果生病,不可能同时死去。也不是被射死的。或许……"

四十面相蹲下,开始检查其中一只老虎的嘴。

"有血,果然被投毒杀害的……"

两头大老虎嘴和鼻子都流血。肯定是被毒害的。

四十面相站立在虎旁,拖手在胸前沉思,突然眼露凶光道:

"究竟谁干的?可是,除了我的部下,谁也无法接触老虎。贝奇,我总感到奇怪。我们不可掉以轻心。看来,我不得不采取最后手段了。"

四十面相说着,走出洞口,这时,从远方传来了枪击声,警察队伍和四十面相哨所人员的战斗开始了。

"冲啊,冲啊,"

叫喊声越来越近,看来,四十面相的部下们在战争中失利了。

就在这时,四十面相突然啊地叫了起来,他直瞪着广阔的森林那边。

在树林中出现小股警察。

"啊!"

突然,四十面相的一个部下,从后面跳出来,抱住一个警察的腰部。

警察挣开那个人的双手，回过来，抱住他往前扔。

那个人被摔倒后，迅速爬起来，这次他从前面抱住警察的腰。

现在他们扭打在一起，激烈格斗。

"不好了！又出现警察！"

四十面相突然叫道。

森林中又跳出一个警察，按住与警察扭打在一起的四十面相的部下，将其制伏。

这时，四十面相突然蹲起拾起几个小石头，朝按住自己部下的警察扔去。

小石头打中这个警察的肩膀，他"啊"地声，差一点被击倒，紧接着，四十面相又扔出一石击中另一个警察的手臂。

警察们终于注意这边的敌人，看到一个身着金边天鹅绒如国王打扮的人。

"啊，原来是四十面相。"

两个警察看到四十面相，往这边冲过来。

"撤离。"

四十面相一边把手中小石头往冲过来的警察打去，一边往奇面城洞窟口跑去。

假贝奇也跑到洞窟。

"贝奇，把石桥沉下山谷！"

四十面相叫道，但假贝奇不知怎么操作，正在犹豫不决之际，四十面忍不住，按下装在一个地方的隐蔽按钮。

"吱吱吱吱……"

一声巨响，震耳欲聋，那个巨大岩石桥落到山谷下。

这是特别设计的机关，一旦发生非常事件，打开铁链使石桥隧落山谷下，切断天堑通途。

山谷深几十米，谷底有条河流过，其水声都可传到上面。

山谷宽三米，跳远选手也许能跳过去，但没有勇气跳，一旦跳不过去，丢到山谷下，一命呜呼。

四十面相终于采取万不得已的最后手段，切断奇面城和外界联系。

这样一来，外界绝不可能攻入奇面城。四十面相和那个美女以及十个部下将被困在洞窟内而不得出去，而粮食食品是无法运进来的，一旦粮食吃光，不用一个月，所有的人有可能都被饿死的。

假贝奇、假五郎、五个化妆为四十面相部下的警察以及"口袋小和尚"也将和四十面相一样，将会被饿死了吗？

二十六、警察队伍的胜利

警察队伍分开两部分，一部分与四十面相的部下战斗，另一部分向奇面城推进。

总指挥是中村警部，他身边有三个警察，还有一个身着学生服的少年是小林，小林机智勇敢，其任务是向警察队传达中村警部的命令。

"把俘虏通通绑到树干上。"

中村警部发布完命令，警察们大声地将命令往下传。

警察队伍人数比四十面相方面的人多出近一倍，每两个警察对付一个四十面相部下，每当逮住一个俘虏，就将准备好的细绳将之捆在树干上。约莫经过一个小时战斗，三十个四十面相的部下都成了俘虏而被绑在树干上。

五十人的警察队伍攻到奇面城，虽然，其中有数人负伤，但他们在其他同伴的搀扶下也到达奇面城下。

在他们到达洞口前时,有两个警察从队伍里跑出来,他们是刚才被四十面相击中小石块的警察。

"我们过不去了。这里的石桥,被四十面相沉到这深不见底的峡谷里了。"两人中的一人道。

中村警部带几个人来到沉石桥的地方,两岸宽三米,这是多么可怕的深谷,从下面传来哗哗的水声。

中村警部沉思片刻,发布命令。

"架桥。去砍两根各六米长的合适的杉木,去掉枝叶,拿过来。森林中扔有刚才四十面相部下在战斗中操用的大斧头,用那砍树,就可以了。"

命令传出后,十几个警察跑到树林砍树了。

奇面城内,四十面相在九个部下的蜂拥下,望着洞口,而那个美女可能被藏在哪个屋子里,没出现在这里。

四十面相听到中村警部的命令,因为洞口对面离四十面相现在的地方不过十来米。

"他们把杉木运过来架桥呢。"身旁那个假贝奇望着四十面相道。

"不用担心。杂物间里放着大斧子,把它拿来,砍断杉木,让桥掉下山谷。"

四十面相命令道。那个假五郎急忙跑到杂物间,扛来一把大斧子。

三十分钟后,警察们将两根砍掉树枝六米长的圆杉木抬到洞口对面。

"来五、六人抱住杉木根部推过去。"

听到中村警部的指示,每根杉木用六个人,开始架桥。

见此,四十面相急忙命令。

"到时候了。去洞口用大斧把杉木砍断!"

这时,拿着大斧的"五郎"笑嘻嘻地站着,一动不动。

"喂,五郎,你怎么回事?难道怕警察的子弹呢?"

四十面相着急了,大声喊道,但"五郎"依然无动于衷,嘿嘿地笑着。

"那么,贝奇,你来干。五郎,把大斧子递给贝奇。"

贝奇也笑嘻嘻,一动不动站在那里。

"你们真是窝囊废。我自己来砍,把大斧子递给我!"

四十面相说着,正要向"五郎"走近,这时"贝奇"站到他面前,张开双手拦住,不让他通过。

"怎么回事?贝奇,你要干什么?"

"是的,对不起了。"

"贝奇"说着,抱手瞪着四十面相。

"'对不起了',这什么话?你是不是我的部下?对头头,用这口吻?"

"贝奇"不理睬他,还是用眼睛瞪着他。

四十面相感到奇怪似地望着"贝奇",突然,脸色唰地变了。

"你……你不是贝奇。你是什么人?……难道?……"

"哈,哈,哈哈哈…,你终于看出来了。我是明智小五郎。你终于让我看到你隐藏的老巢了。"

"喂,五郎,还有其他人,你们怎么呆呆地站在这里?他就是明智小五郎,你们怎么不抓住他?"

四十面相对着站在他周围的部下训斥。

"哈哈…,这里真正是你的部下的,仅二人,其他全是我们警察,他们都是化装能手,我们挑选他们来,化装成你的部下。"

明智说明道。

"那，五郎也是假的呢？我知道了，是你和假五郎开着飞机去山下那个镇，把这些我的假部下送过来了？"

"是的。今天让飞机出故障不能飞走的，是我。让那两头大老虎长眠的，也是我。为了逮住你，我布下天罗地网，你大概逃不掉了。……你看，警察们正度过桥，往这边来呢。四十面相，你将插翅难逃呀。"

明智大声叫喊。

二十七、最后挣扎

警察们把两根杉木绑在一起，变成横穿山谷的桥，他们从这桥上爬到对岸。先头到达的十个警察已悄悄地握着手枪来到洞口。

"畜生，你们竟然耍我。那么，我真正的部下在哪里？"

"你真正的部下，仅仅两人。真不是我们的对手呢。你瞧，他们在那角落发抖呢。"

明智手指向那角落，只见四十面相的厨师和另一个部下，脸色发青，呆呆地站在那里。

"好哇，那我只能和你们最后一搏了！我本来不喜欢流血，现在没办法了。我要杀了你们"

四十面相突然两手从两个裤兜各拔出一支手枪。

"闪开……"

咔嚓，四十面相扣动两支手枪的扳机。不知为什么，子弹未从手枪口飞出来。他又咔擦，咔嚓，咔嚓，咔嚓，……，还是不行。

"哈哈哈，两支手枪的子弹都被我取出来了。你和我打交道这么久了。你应该知道,我是办事多么细致的人,我会忘记取出你手枪的子弹吗?哈哈哈。"

听此,四十面相脸涨成紫红色。

"畜生,既然如此,那就别怪我拿出最后的杀手锏了!"

他扔掉两支手枪疯狂地奔跑起来。

明智和所有警察一齐追赶上来。四十面相飞跑进自己卧室,拽着那美女手跑到另一房间,一直往前跑,那女人差一点被自己的裙子缠住脚绊倒。他们从走廊的岔路往前跑,从一个石阶下去,穿过一个岩洞,进到一个十三多平方米的洞窟。明智他们也紧追进来,里面漆黑一片。大家正要拿出手电筒时,洞窟忽然亮起来。

大家看到洞庭上面一个火炬在燃烧,红色的火焰在舐着天花板。是四十面相举着火炬。他站在上面,右手举着火炬,左手搂着那美女。

"明智先生以及警视厅的先生们,你们辛苦了。哈哈哈……。你们仔细看看,这里有三个大桶,是什么呢?你们猜猜。……是火药呢!只要我把火炬往往这里面一扔,你猜会怎样。会马上爆炸!

"在这上面是我的美术馆,内有价值连城的宝物,一声爆炸,这些东西将化为灰烬,岂但如此,这岩石的天花板将会掉落下来,你们将会被压成肉酱。哈哈哈一,真有趣,知道了吧,这就是我最后的拿手锏。"

四十面相发狂地狞笑,手拿着火炬在木桶上上急剧挥动,其火花哪怕一点点掉入木桶就会引起爆炸,那术洞窟将会被炸塌,听有的人将会死去!

这时候。突然在这黑暗中爆发出一阵哈、哈哈、哈哈哈、哈哈哈哈的笑声。

这一阵笑声把四十面相吓了一跳，环顾四周。

"喂，是谁？谁在笑？有什么好笑的吗？"

"是我。明智小五郎。四十面相，因为你太自信了，我感到可笑。'口袋小和尚'，你现在可以出来了。"

这时，从三个并排的木桶后面慢吞吞地走出一个身着黑衣的蒙面小人。明智伸手抱住这小黑人，说："口袋小和尚，你讲讲，对这三个木桶，你做了什么？"

"先生，不，现在我可以叫您明智先生了。根据您的命令，我对这三个火药桶，灌满了水。"

四十面相一听，大吃一惊，急忙分别将手伸进三个火药桶，三个火药桶内的火药都泡着满满的水。

"哇，哈哈哈，……，怎么样？火药被泡在水里，你把火炬扔进桶里，再也爆炸不了了。真可怜呢！最后的杀手锏也失灵。这是你的厄运。等待你的只是手铐了。……"

明智话还没完，突然，熊熊的火炬飞了过来。明智急忙闪过身，火炬撞到背后的岩石上，火花四溅。四十面相扑了过来，把明智按倒在地上。但是，四十面相势单力薄，他仅有一个同伙，就是那个柔弱的女人。几个警察跑过来，推倒四十面相，咔嚓一声，给他戴上手铐。

给四十面相戴上手铐的是站在警察们后面的中村警部，警部旁边站着身着学生服的小林芳雄少年，他脸上泛着微笑。

"中村君，还有小林，你们干得好。我们终于逮住四十面相了。"

明智伸出两手分别拉住中村、小林的手。

"小林，我在这儿呢。"

一个身着黑利衣，手戴黑手套，脚穿黑袜子，头蒙黑覆面，浑身黑的小个子跑到小林少年前面，紧握他的手。

"喂，口袋小阳尚，你不简单呀！发现奇面城的，是你，往火药桶灌水的是你，这次你又协助警察攻破奇面城，你立下了汗马功劳呢。"

小林紧握"口袋小和尚"的手，深情地说。

"我感到很高兴。明智先生战胜了四十面相，而且，还逮住四十面相。"

"口袋小和尚"说着，激动地抬起双手，高喊："明智先生万岁！小林团长万岁！"

小林少年眼睛也闪着滨花，也大声喊："少年侦探团，流浪儿队万岁！"（完）

2017.6.23 后半部结束